# 乌塔耶书

〔法〕匹桑 著

吴雅凌 译

人民文学出版社
PEOPLE'S LITERATURE PUBLISHING HOUSE

图书在版编目(CIP)数据

乌塔耶书/(法)匹桑著;吴雅凌译.
—北京:人民文学出版社,2017
(巴别塔诗典)
ISBN 978-7-02-012759-7

Ⅰ.①乌…　Ⅱ.①匹…②吴…　Ⅲ.①诗集-法国-
近代　Ⅳ.①I565.24

中国版本图书馆 CIP 数据核字(2017)第 101370 号

责任编辑　朱卫净　何家炜
装帧设计　高静芳

出版发行　人民文学出版社
社　　址　北京市朝内大街 166 号
邮政编码　100705
网　　址　http://www.rw-cn.com

印　　刷　山东临沂新华印刷物流集团
经　　销　全国新华书店等

字　　数　110 千字
开　　本　889×1194 毫米　1/32
印　　张　9
插　　页　5
版　　次　2017 年 8 月北京第 1 版
印　　次　2017 年 8 月第 1 次印刷

书　　号　978-7-02-012759-7
定　　价　48.00 元

如有印装质量问题,请与本社图书销售中心调换。电话:010-65233595

目录


中译本导读　_1

乌塔耶书　_1

## 中译本导读

> 此情可待成追忆，
> 只是当时已惘然。

一

我们对克里斯蒂娜·德·匹桑的了解首先得益于她本人的自述[①]。在《命运转变之书》(*Le Livre de la Mutacion de Fortune*)中，这位中世纪晚期女作者以神话譬喻的方式讲述人生的变故。她在命运女神的召唤下出海远洋。起初她并不慌张，她的同伴是出色的航海家，她在他的引领和陪伴下度过十年美好人生。后来风暴来了，同伴遇难了，她被抛弃在汪洋大海

[①] 匹桑在《问学长路》(1402年)、《命运转变之书》(1403年)和《劝言书》(1405年)等作品中详细记载自己的身世经历。参看 Christine de Pisan, *Le Chemin de longue études*, éd. Andrea Tarnowski, Paris, Librairie générale française, 2000; Chrsitine de Pisan, *Le Livre de la Mutacion de Fortune*, éd. Suzanne Soelnte, Paris, Picard, 1959—1966; Christine de Pisan, *Le Livre de l'advision Cristine*, éd. Christine Reno & Liliane Dulac, Paris, Honoré Champion, 2001.

上。一个弱女子，一叶风雨飘摇中的小舟。她没有能力掌舵，既无力量也无知识，只有惊惧和悲鸣。命运女神怜悯她，在她的梦中现身，轻抚她的身体手足。醒来时她发现自己变了。恐惧和疑虑消散了。她的声音变得有力，她的目光变得坚毅。她亲手修补破败的小舟，从此做了掌舵的人。①

这则寓言值得玩味，还因为它记载了欧洲文明史上第一位以写作谋生的职业女作者的养成经过。倘若匹桑不是在最好的年华遭逢那场生命里的海难，需要改写的也许不只是她一人的人生。

匹桑的父亲早年深造于古老的博洛尼亚大学，通医学、天文学和星相学（这两样学问在中世纪不分家）还有法学，担任过十年星相学教授，做过威尼斯共和国政府顾问，在十四世纪的欧洲算是知名学问人。匹桑在威尼斯出世那年，他同时得到欧洲两大君王的邀约，一个是匈牙利王路易大帝，一个是法兰西王查理五世。他去了法国。查理五世史称"智者查理"（Charles le sage），在世即有贤君的美誉，设第一座王室图书馆，巴黎且有与博洛尼亚齐名的大学。这些都是老匹桑考虑的因素。事实证明他没有选错。整

---

① *Le Livre de la Mutacion de Fortune*, livre I, 前揭, pp.51—52。

整二十五年，他不离君侧备受尊宠，直至查理五世去
世。匹桑稍后不无夸张地回顾，法兰西这一时期的繁
荣应归功于其父高妙的占星技艺。尽管依据别的史料
记载，老匹桑的占卜并不太灵验。①

匹桑三岁②同母亲赴巴黎，在宫中长大，享尽荣
华。十五岁父亲替她选中门当户对的夫婿。夫妻十年
恩爱，生养二子一女。查理六世登基后，老匹桑成了
前朝元老，风光大不如前，没过几年即去世，留下大
堆债务。两个兄长回威尼斯。匹桑与母亲留在巴黎。
一年后，雪上加霜。丈夫随君出行意外病逝，同样没
有为家人考虑过经济保障问题。

二十五岁时，匹桑成了寡妇和孤女，兼任一家之
主。她在短短一年间失去最亲近的两个男人。她的身
份地位和生存状况岌岌可危。在十四世纪下半叶的法
国王室贵族社交圈里，一个女人，且是孤单无依的外
国女人，没有父亲、丈夫或兄弟的保护，没有经济来
源，却有一堆财产纠纷和债务缠身，显然她是走到穷
途末路。她甚至不能隐居修院，像那些贵妇人在余生
中哀悼亡者。她还有现世的责任。她不仅要养活自

---

① Simone Roux, *Christine de Pizan*, *femme de tête*, *dame de cœur*, Payot,
　2006, pp.58—59.
② 另有一说是四岁。

己，还要照顾年迈的母亲、三个未成年的儿女和一个外甥女。唯一的出路是再嫁。选对有钱有势的婚姻对象，尚有机会保持宫廷交际，继续贵族生活。这也是无数与她同处境的女子所走的路。

匹桑没有走这条路。她很有勇气地走了一条在此之前还没有女人走过的路。好些个世纪以后，女子自力更生成为公认的康庄大道，女性职业作者也正式被归为社会常态。生活在中世纪晚期的匹桑却是孤独一人走在这条路上。

勇气之外，她还要有足够的明智和毅力。她在接下来几年间深居简出，专注于思考和学习，为职业写作做准备。父亲给予她的教育尽管超乎同时代的女性，但她有自知之明。中世纪男性学者在大学修院受过扎实的古典训练，精通拉丁文和修辞学、哲学和神学等基础学问。这些是她欠缺的。她无意仿效也仿效不来。重要的是取长补短。她有意识地自修历史和诗歌，并掌握抄写技艺。与此同时，她还要应付父亲和丈夫留下的繁琐的财产纠纷，她要经营必要的人际社交，她是皇后的贴身女侍官，与奥尔良公爵交往密切，她还要安顿逐渐成人的子女。这些日常琐事，她在自述里只字不提，她一味只强调自己身为女学者的隐居生活。她并不意气用事，也无暇多愁善感，而是理性、务实，一步步走得很稳。

三十四岁起，匹桑正式开始写作生涯。她总共留下不少于二十部传世作品。她不仅在宫中出脱为公认的女学者，凭靠文名赢取君王们的庇护，还在彼时尚无女性容身之地的知识界为自己挣得一丝隙缝。当年她以女性作者身份积极介入围绕《玫瑰传奇》而展开的那场论战，到如今已成青史流芳。她借《女史之城》(*La Cité des dames*)为有史以来不同文明传统中的女性著书立传。她留下的《明君查理五世的事迹和善德之书》(*Le Livre des Fais et bonnes meures du sage roi Charles V*)迄今依然是最基础的参考史料。她的书写乃至涉猎保安政制和武器制作等百科主题。她还是第一位公开撰文盛赞贞德的同时代作者。生逢英法百年战争和欧洲政教分离的大时代，这位了不起的女性不但彻底走出个人生活的困境，还努力做到与自己的时代一同思想和呼吸。

她的声名在世时就传到法国以外，并在接下来的两个世纪里经久不衰。她就像她擅长书写的那些神话变形故事中的主人公一样完美蜕变，从受庇护的女儿和妻子，蜕变成一家之主，蜕变成时代的写者或者，"十五世纪最重要的法国政治作者"。[1]她的作品迄今

---

[1] François Autrand, *Christine de Pizan*, Fayard, 2009, p.7. 值得一提的是，匹桑的书写在随后几个世纪里遭遇了长久的淹没，直至二十世纪重新"被发现"。

仍有可观的手抄本传世——西方印刷术始于1450年前后古腾堡的发明，这些作品因而从某种程度上是手抄传统的最后一批瑰丽遗产。不但如此，十五十六世纪在法国和英国还涌现出为数众多的匹桑作品的印刷本和英译本。

在迄今留存的手抄本中，我们尚能一睹匹桑的风采。至少十几幅装饰彩画表现了"工作中的匹桑"这一形象。通常，她坐在书房一角，墙上是藏红底暗金花纹挂毯，临窗木桌上摊开一本书。她表情专注，正在写字或阅读。一袭深蓝的裙子，一顶素白的头巾。有时脚边站一只安静的狗，有时桌上多几卷书或一面镜子，有时裙子从蓝变白，头巾从白变红。多数时候她独守空室，有时美德三女神或戎装的密涅瓦女神会现身，有时她对着四名男子或她的儿子施教。在所有装饰彩画里，她有白皙的脸，凸起的额，有专注的表情，朴素的装扮。她深谙这一自我形象的传世之道，坚定的，且淡定的，正如她在一本书的开篇直言不讳："我，克里斯蒂娜·德·匹桑……"①

---

① «Moi Cristine de Pizan... » 语出《明君查理五世的事迹和善德之书》开卷句首。

## 二

《乌塔耶书》是匹桑的早期作品，成书于1400年。全书包含一百篇取材古希腊传统的神话故事。每篇的正文为一首四行诗（前五首诗例外为长诗），每首诗后各带两段散文体的文字说明。第一段即"评释"（glose explicative），以十五世纪初的眼光对古代神话故事提出一种或多种解释，且往往以某位古代哲人的警句收尾。第二段即"寓理"（interprétation allégorique），从古代神话故事中汲取基督宗教教义，往往佐以某位教会教父的引文，文末再引一段《圣经》经文。全书结构统一，构思新巧，实现了某种形式的诗文合璧（prosimetrum），与但丁在一世纪前完成的诗集《新生》（*La Vita nova*）遥相呼应，并直接影响十五世纪末欧洲文学中涌现出的大量书简体作品①。

原书标题很长，直译为"审慎女神乌塔耶写给一位青年骑士赫克托耳书信集"（*Épître d'Othéa, déesse*

---

① 《乌塔耶书》对十五世纪末的书简体作品的影响，参看 Gabriella Parussa（éd ），Christine de Pizan, *Epistre Othea*, Genève, Droz, 1999, pp.29—30。

*de Prudence, à un jeune chevalier, Hector* ）。法文中的
Épître 对应希腊文 επιστολη 和拉丁文 epistula，本义
是书信，后逐渐形成为一种文体，也即谈论哲学宗
教政治的诗体书简或书信体诗文，一般有劝诲的意
味。此类诗体讲辞其实古来有之，古希腊诗家中有赫
西俄德写《劳作与时日》劝训自家兄弟，忒奥格尼斯
写《忒奥格尼斯集》教诲某个叫居尔诺斯的青年。同
样的，《圣经·新约》含十三卷保罗书信（*Επιστολές
Παύλου* ），每卷均预设或教会或个人的特定读者，另
有其他使徒写给广大基督徒的八卷一般书信，无不
是以书信释解基督宗教教义的典范。鉴于匹桑著书
的参考思路，书名随《圣经·新约》汉译传统将
Épître d'Othéa（旧写法 Epistre Othea ）简译为"乌塔
耶书"。

　　依据作者的构思，这位女神对青年骑士讲述一百
个古代神话故事，教导他如何理解这些故事，如何从
中汲取教益。赫克托耳是古时特洛亚王子，出自古希
腊英雄诗系传统，荷马史诗《伊利亚特》即以赫克托
耳为英雄主角。古代神话中没有审慎女神乌塔耶这么
个神名，似是作者臆造。Othéa 与 O thea 谐音，后者
可理解为一句呼唤："哦，女神！"比较接近的音译
为"欧忒娅"，中译本试译为"乌塔耶"，暗含"无她

也"之谐音。在匹桑笔下,负责教诲青年骑士的不是男神而是女神,值得玩味。本书假托古希腊女神之名撰文,用意不在重塑古时代的英雄,而是教养当时代的骑士贵族,乃至未来的治国君王①。

在百篇神话诗中,有近半数故事讲述赫克托耳的生平和特洛亚战争的始末。好些篇目提及赫克托耳的传奇故事。他本是普里阿摩斯王和赫卡柏之子,因蒙战神马尔斯和密涅瓦女神的恩宠,又被称为神族后裔。他是最英勇的特洛亚战士,一度率领特洛亚人重挫希腊人。他后来败在希腊英雄阿喀琉斯手下,他的死预示特洛亚的亡城命运。除了赫克托耳本人,书中还提到他的亲人们,包括妻子安德洛玛克、姐妹卡珊德拉和波吕克赛涅、兄弟特洛伊罗斯和赫利诺斯、表亲门农等等。

赫克托耳的故事以外,书中亦有好些篇目交代特洛亚战争的始末,从战争的起因讲起,比如佩琉斯的婚礼、不和女神的苹果、帕里斯的审判、海伦的故事,一直讲到赫克托耳死后特洛亚的亡城经过,并追溯拉奥墨冬时期的第一次亡城故事。此外也提到希腊

---

① 匹桑将《乌塔耶书》献给多位君王,包括奥尔良公爵路易一世(1401年)、英王亨利四世(1402年以前),勃艮第公爵菲利普二世(1404年以前)和贝里公爵(1405年至1406年间)。

方面的将领如阿喀琉斯（占四篇）、埃阿斯、奥德修斯和皮洛斯等。

十四世纪的欧洲人熟悉赫克托耳的传奇故事，并非因为他们熟读荷马史诗。中世纪早期流传两部讲述古代特洛亚战争的拉丁文著作，一部是托名弗里吉亚的达瑞斯（Darès de Phrygie）的《特洛亚的陷落》（*De excidio Trojæ historia*），一部是托名克里特的狄克提斯（Dictys de Crète）的《特洛亚战争日志》（*Ephemeris belli Troiani*）。达瑞斯是特洛亚的火神祭司，狄克提斯是克里特英雄，均系出自《伊利亚特》的人物，因而是传说中亲历特洛亚战争的古人。两部著作的作者假称分别发现达瑞斯和狄克提斯的古希腊文见闻录并迻译成拉丁文，成书年代均约为四至五世纪。受这两部作品影响，匹桑以前已有不少法文作者写特洛亚故事，其中流传最广的莫过于圣摩尔的本笃（Benoît de Sainte-Maure）在十二世纪撰写的诗体小说《特洛亚传奇》（*Roman de Troie*）。

赫克托耳是中世纪传说中的"骑士九杰"（neuf preux）之首。自十四世纪初的武功诗歌《孔雀之盟》（*Les Voeux du paon*）问世以来，三名希腊罗马传统人物（赫克托耳，亚历山大和恺撒）、三名犹太传统人物（约书亚、大卫和犹大·马加比）和三名基督教传统人物（亚瑟王、查理大帝和布永的戈弗雷）共同组成中世纪欧洲人眼里的理想骑士的典型。仅以三名来自古希腊罗马世界的英雄为例，在时人眼里，他们分别代表三个先后承接的文明时代，赫克托耳代表古代希腊文明世界，亚历山大代表泛希腊文明世界，恺撒代表罗马文明世界。

伽洛林王朝时期广为流传一种说法。法兰克王的先祖名曰法兰库斯（Francus），或法兰西安（Francion），本是赫克托耳之子，这意味着法国王室乃是古远的特洛亚王族后裔。匹桑将《乌塔耶书》献给奥尔良公爵时，在献词中就特别强调这一渊源。《明君查理五世的事迹和善德之书》中同样如此。这种做法在当时蔚然成风，不妨再举同时代的两部书信体作品为例，一部题为《赫克托耳写给国王的书简》（Jean d'Auton，*Epistre d'Hector au roy*），另一部题为《国王写给赫克托耳的书简》（Jean Lemaire de Belges，*Epistre du roy à Hector*）。赫克托耳自古代英雄谱中脱颖而出，做了中世纪骑士精神的代表，因而另有一番不言而喻的政治意味。

在百篇神话诗中，与特洛亚无关的故事，多为取材奥维德的神话变形故事。不过，正如中世纪读者不是通过希腊文原本的荷马史诗了解特洛亚战争，

他们同样不是通过拉丁文原本了解奥维德的《变形
记》。要读懂匹桑的这些神话诗，因此首先要搞清楚
《乌塔耶书》的用典出处。方法只有一个，就是对匹
桑时代流传的诸种手抄作品与匹桑本人的作品进行耐
心细致的文本比较和分析。欧洲学者在这方面下过
不少功夫。P. G. C. Campbell 很早就有专著讨论，晚
近《乌塔耶书》的勘本作者 Gabirella Parussa 汇总既
有的考证结论并加以修订，用了长达四十页的篇幅解
释匹桑的用典出处。[①] 这里仅简单交代五种主要参考
文献。

正文部分的神话诗主要有两处用典来源。首先就
是奥维德笔下的神话故事。十四世纪初期，有无名氏
作者将《变形记》改写成古法语本，共 72000 行诗，
题为《基督教化的奥维德》( *Ovide moralisé* )。这个改
写本秉承中世纪对古典文献随文勘误的编修风格，不
但添入奥维德另一部诗作《列女志》的若干内容，还
加注释逐一评述书中的变形故事，以期做出适应基督
宗教教化目的的解释。

其次则是《从古至恺撒时代的历史》( *Histoire*

---

① P. G. C. Campbell, *L'Epistre othea*, *étude sur les sources de Christine de Pizan*, Paris, 1924, Champion; Gabriella Parussa ( éd ), Christine de Pizan, *Epistre Othea*, Genève, Droz, 1999, pp.30—70.

*ancienne jusqu'à César*），同样出自无名氏手笔，一般认为系由不同年代的多名编撰者完成，就与《乌塔耶书》相关的内容也就是特洛亚战争故事而言，匹桑至少参考了两个成书时间分别为十三世纪初和十四世纪末的不同版本。第一个版本收录前文提到的托名弗里吉亚的达瑞斯的《特洛亚的陷落》，第二个版本则收录前文同样提到的圣摩尔的本笃的《特洛亚传奇》。

"评释"部分多以古代哲人的名言警句作为收尾。中世纪广泛流传一部从阿拉伯文转译成拉丁文的《明哲言行录》（*Dicta et gesta philosophorum*），书中收录古代哲人的名言及生平介绍。据考证，匹桑在书中的哲学援引无不涵括在内，不过，她使用的不是拉丁文本，而是法文译本，由查理六世的近臣迪农维尔（Guillaume de Tignonville）在 1401 年前后完成，书名为《哲人道德箴言》（*Dits moraux des philosophes*）。换言之，这个法文译本与《乌塔耶书》几乎同时成书。匹桑与这位宫廷学者相识，故而有机会在第一时间参阅使用。值得一提的是，匹桑的援引不是照抄原文，往往根据行文需要加以改写。

"寓理"部分通常有两段援引，一段引自某位教会教父，另一段引自《圣经》。四世纪教父时代最早出现的三位拉丁文作者在其援引之首：哲罗姆（九次）、安布罗斯（五次）和奥古斯丁（三十六次）。一般认为，匹桑的这些援引参考了当时流传的两部手抄件著作。一部是《美德的念珠》（*Le Chapelet des vertus*），据考证是某部成书于 1310 年至 1323 年间的意大利文作品《美德之花》（*Fiore di virtù*）的法译本。另一部是 Thomas Hibernicus 依据索邦神学院图书馆的藏书编修而成的《摘录集锦》（*Manipulus florum*），书中摘抄了六千多段拉丁文语录，多数出自教会教父，少数出自古代哲人，并按主题分门别类，按字母表顺序排列，查阅极为方便。这部《摘录集锦》在十四十五世纪广为流传，迄今尚有 160 件手抄本和若干印刷初期珍本传世。

上述五种主要参考文献之外，一般认为，匹桑熟悉十四世纪诗人的作品（有的从法译本，有的从拉丁文本），诸如薄伽丘的《名女录》（*De Mulieribus claris*）和《异教诸神谱系》（*De Genealogia deorum gentilium*）、但丁的《神曲》和纪尧姆·德·马肖的《爱泉》（Guilliaume de Machaud，*La Fontaine amoureuse*）。此外，她也读过六世纪作者波埃修斯的《哲学的慰藉》，以及八世纪波斯炼金术士贾比尔（Jabir ibn Hayyan）的作品。

# 三

行文至此，我们不免惊讶于《乌塔耶书》用典来源的驳杂，在不同语言的迻译之间呈现出近乎混沌的状态。作为现代读者，我们很难理解为什么某一部法文著作是否转译自某一部意大利文著作需要考证。原因恰恰在于，摆在我们眼前的这两种语言的文本之间有着悬殊的内容差别。在匹桑的年代，翻译往往与诂证评注相连，翻译者从某种程度上也是编修者。然而，倘若我们往前追溯的话，古代注家一开始并没有随文诂证的传统。所有评注独立成文，并不影响原本。编修者随文"勘误"是中世纪的产物。以十二世纪学者策泽斯为例。此人在汇编古代作品上贡献极大。策泽斯的评注常常流露出轻慢古人的态度，比如他会在某处"勘误"添道："要么抄写人抄错了，要么作者本人搞错了。"这种做法在古代注家那里是不可想象的，诸如普鲁塔克和普罗克洛斯等传统注家对古代作者作品始终持有尊重原文的敬畏心态。今人自我赋予矫正古人的权利，并非只是生成所谓篡改或增删等文本争议这么简单的问题。归根到底，这种薄古厚今的精神在中世纪晚期促生了"文艺复兴",不出两百年又进一步促生了"启蒙"。我们亲近一部1400年的作品,不但要从字里行间寻觅阅读的乐趣,还要从中分辨文明史上那些重大精神事件的缩影。

同样的问题在神话的阐释上尤其显著。如果说拉丁作者奥维德的神话故事是对古希腊神话传统的有意的"去神化"改写,那么,十四世纪的法文本《基督教化的奥维德》则是有意的"去奥维德化"的改写。只需稍加阅读荷马、赫西俄德等神话诗人或埃斯库罗斯、索福克勒斯等悲剧诗人的作品,再对比本书中的百篇神话诗,我们不难发现同一个主题的神话叙事在两千年间呈现出大相径庭的样貌,个中差异到了惊人的地步。匹桑在书中多次明白不讳地道出她对神话阐释的观点。

关于这个神话故事,我们可以给出好几种解释,其他神话也是一样。古人编造这些神话故事,是为了让后人磨炼心智,给出不同的阐释。(第二十二篇"评释")

神话往往把真相掩藏在虚构的面纱下。(第二十九篇"评释")

这个神话故事有多种解释。(第七十篇"评释")

这里仅以第一篇为例。匹桑先是在正文诗篇中讲述一则神话故事，也就是乌塔耶女神恩宠特洛亚王子赫克托耳，写信教诲他，送他一些神妙的礼物，使他拥有"一名好骑士在尘世间所能得到的恩典"。有趣的是，匹桑紧接着在"评释"中笔锋一转，声称乌塔耶女神其实不是神，而在古代确有其人：

> 古代作者习惯于崇拜那些基于某种恩典的眷顾而超乎寻常命运的人，他们奉同时代好些以明智著称的女性为"女神"。据史料记载，在显赫的特洛亚城美名远扬的年代，确乎有一位明智的女性，人称"乌塔耶"。（第一篇"评释"）

这样一种去神化的解释在百篇神话故事的评释当中一而再再而三被强调。在匹桑笔下，神话仿佛是一种临时挪用的手法。在获得运用的同时仿佛也被揭穿底细。"乌塔耶"这个专有名称因而更像是一种譬喻，一种影射，一种对美德（审慎）的人身化。同样的，书中一连选用七则古代神话故事来譬喻七宗罪：纳喀索斯的自恋，影射傲慢（第十六篇），阿塔玛斯扼死亲生子，影射暴怒（第十七篇），阿格劳洛斯变成化石，影射嫉妒（第十八篇），独眼巨人中奥德修斯的计，影射懒惰（第十九篇），乡人被拉托娜变成青蛙，影射贪婪（第二十篇），巴克库斯的故事，影射贪食（第二十一篇），皮格马利翁爱上石像，影射色欲（第二十二篇）。作者的用意再明显不过。叙事的目的是道德训诲。神话从某种程度上被缩减为两种可能性，要么是好的例子，要么是坏的例子，以供青年骑士或仿效或引以为戒。评判依据的是基督宗教的善恶标准，而与神话最初所承载的古典精神渐行渐远。自开篇起，前四十四则神话故事严格依据主要教理教义的次序进行编排。一至四篇的主题依次对应四枢德，六至十二篇依次对应七大行星也即七美德，十三至十五篇依次对应三超德，十六至二十二篇依次对应七宗罪，二十三至三十四篇依次对应使徒信经的十二句信条，三十五至四十四篇依次对应十诫。

四桑在本书中开宗明义：

古人在信仰上未受启蒙，崇拜多神。不过，在多神崇拜下倒是产生了人类前所未有的强大政权：亚述人、波斯人、希腊人、特洛亚人、亚历山大大帝、罗马人，等等。所有伟大的哲人亦如此：神从前没有为这些人打开慈悲的大门。但如今，在神恩的光照下，身为基督徒的我们有可能从德性上修正这些古代哲人的主张，并从中汲取极美的教理。(第一篇"评释")

众所周知，基督宗教与多神信仰的传统异教的内在冲突构成了西方文明发展的基本动力因，如何从基督宗教的立场来看待"异教"文明，成了早期教父乃至历代学者的一大心病。在《乌塔耶书》这部成形于1400年的神话诗集里同样略可见一斑。

# 四

然而，若只一味看到神话在此枯萎减缩成单调的说教，亦是不公平的。《乌塔耶书》里还有纯粹的叙事趣味。我们从字里行间可以感受到作者的两种意向，一方面是道德训导的理性，另一方面是书写爱情的诗性，在某些特定时刻，两种意向彼此冲突，形成相当迷人的叙事张力。

《乌塔耶书》假托女神之名训导同时代的王公贵族，全书贯穿着道德训导的理性。第一篇"开场评释"即言：

人的一生即是在践行真正的骑士之道,《圣经》中有多处提及。既然尘世万物总有一死,我们须得时时记住那即来的时间,那是永恒的,藏有高度和完美的理性,能为胜者赢取桂冠。本书的做法因而就是谈论骑士精神:唯愿本书在赞美神的前提下让有意倾听教诲的人获得滋养。

骑士的生成与战争的现实有关。骑士精神最初根植于对战争的崇尚。法国王室诸多成员取名"路易",就是一证。Louis 的词源可追溯至日耳曼语 hlodovic,由 hlod-(荣誉)和 -wig(战斗)组成,意思是"从战斗中得荣誉"。骑士制度逐渐发展成为一种道德礼法,一种生活方式,其过程中有两种主要的影响因素,一是教会文明,一是十二十三世纪盛行的南方奥克语行吟诗中宣扬的"典雅爱情"(fin'amor)。《乌塔耶书》的百篇神话诗谈论骑士之道的践行,同样脱不开勇武与爱情这两大骑士主题。道德训导的理性因而具体表现为乌塔耶女神谆谆教诲赫克托耳王子从战斗和爱情中实现自我的完成,或灵魂的修行。

骑士的勇武呈现为某种高度基督宗教化的英雄主义。马尔斯不再是古代神话语境中的那个战神,而象征"在尘世间英勇作战的神子基督":"但凡热衷于战斗和骑士功业的骑士,并能够凭借战斗中的胜利得荣誉,均有资格获得'战神之子'的称号"(第十一篇)。身为赫克托耳的后裔,虔诚的基督徒,高贵的骑士,法兰西的"路易"们因而拥有多重身份配得上"战神之子"这一美名。

赫克托耳之外,书中还讲述了好些古代英雄的勇武故事。从赫拉克勒斯立下的赫赫功名中,作者汲取的道德训导却是,只需仿效这位古代英雄的勇武,但不必盲从英雄上天入地惊动神鬼的壮举,因为,投入战争的唯一前提是自我捍卫,"只能是为了捍卫性命才真有必要采取行动"(第三篇)。同样的还要避开不和女神,避免冲突,不可争竞嫉妒(第六十篇)。书中有多篇强调战斗技巧,诸如不夸口城坚(第八十九篇、第九十七篇)、不留空城(第六十六篇)、不像赫克托耳在战场上丢掉武器(第九十一篇)、不派帕里斯做先锋(第七十五篇)、不像埃阿斯空手作战(第九十四篇),等等。在匹桑的调教下,骑士的尚武风气自觉地转变为某种经过深思熟虑的勇武。

同样的,骑士的"典雅爱情"也转变为某种节制有分寸的爱。骑士的爱不是维纳斯的爱,而是丘比特的爱。书中至少五篇神话诗提到维纳斯,均与淫乐、虚荣相连。她与马尔斯偷情（第五十六篇），诱导帕里斯的审判，令其拐走海伦（第七十五篇，第四十三篇，第六十八篇），无不是好骑士必须引以为戒的反面教例。"莫认维纳斯女神，也莫在意她的应承"（第七篇）。但好骑士要"与丘比特交好"，这样才能"时时守住分寸"（第四十七篇）。道德训导的理性树立了一个骑士典范，也就是第五篇中的英雄珀尔修斯，他救下美人安德洛墨达，又送她回父母身边，既实现经过深思熟虑的勇武，又实现懂得审慎节制的爱情，真正做到"良知和声名"的完美结合。

然而，道德训导的理性之外，书中不时流露出神话叙事的冲动，并且这种冲动集中呈现为书写爱情的冲动。前面说过，《乌塔耶书》的百篇神话诗后均带有散文体的"评释"，旨在重述神话，提供有益教诲的理解神话的方法。这些重述神话的文字或长或短。短则三两句，长则如一篇小品。细读下来，篇幅最长者竟莫不与爱情故事相关。行文至动情之处，有对话，有细节，有烘托。

仅以最长的一篇为例。第三十八篇讲了一对出生仇敌世家的恋人的悲剧。我们也许不知道皮拉姆与提斯柏，却不可能不知道罗密欧与朱丽叶。奥维德最早在《变形记》中做过详述，后世作者的改写中以莎士比亚最为出名。在匹桑笔下，这则传奇故事让人过目不忘。叙事充满全书难得一见的细节趣味。被禁闭的情人。墙上的裂缝。幽会时的叹息。城外的泉水。狮子与荆棘丛。月光下沾满血迹的白纱巾。两次自刎的剑。白桑结出乌黑的果实。诸如此类。作者在走笔的瞬间似乎忘却了书写的理性，彻底忘情于诗意的冲动。

有趣的是，尽管通篇故事弥漫着浪漫而悲怆的氛围，紧随而来的寓理却又与爱情全然无关。骑士从皮拉姆与提斯柏的故事中得出的最终教训是要尊敬父母，要服从父母所代表的理性权威。神话故事与道德说教之间出现某种明显的脱节，某种逻辑的欠缺，至少在我们这些现代读者眼里如此。如果我们不轻率地认作作者的笔力缺陷，这样一种叙事的矛盾张力实在妙趣无穷，值得反复玩味。

类似的例子还可以数出许多来。勒安德尔和赫洛的悲剧：不应为逸乐冒险送命（第四十二篇）。加拉忒亚和阿喀斯的悲剧：要回避尘世执念（第五十九篇）。刻宇克斯和阿尔库俄涅的悲剧：要听从忠告（第七十九篇）。水仙和赫尔玛芙洛狄特的悲剧：要分担他人不幸（第八十二篇）。厄科和纳喀索斯的悲剧：要常有慈悲之心（第八十六篇）。阿喀琉斯为爱丧命：

要回避异己之物（第九十三篇）。在细心营造的悲剧情境之下，最终汲取的训理与情感冲动全然无关。爱情的诗性与训理的理性相互作用。

一方面，《乌塔耶书》一再强调神话叙事要服从道德训导的理性，神话一边发挥训诲用途，一边又被有意地解构和拆析，被去神话化。另一方面，神话并没有真的死去，只要有一丝缝隙，那些古老的东西就会自动穿墙而过，如一粒不死的种子，一道新生的光照，拨动所有时代的生者的心弦。

## 五

《乌塔耶书》因而有多种阅读可能。有心的读者自能找到有意兴的读法。神话叙事历经希腊到罗马再到基督宗教化的命运变迁，这是一条线索。道德训导的理性与书写情感的诗性之间的张力，这是一条线索。此书从内容语境到方法用意均系一部以男性权威为基调的著作，作者却在其中为女性发声，塑造一系列女子形象，这也是一条线索。

书中百篇神话故事，近半数的主角为女性。这些女子形象若要分类，则一类即为诸种执念所困的女性。除了前面提到的爱情悲剧里的女主角以外，书中还讲到痴心嫉妒成化石的阿格劳洛斯（第十八篇）、为丈夫抛弃而杀子复仇的美狄亚（第五十四篇，第五十八篇）、爱上公牛的帕西法耶（第四十五篇）、为儿子不停哭泣的厄俄斯（第四十四篇）、因言辞不慎而亡命的塞勒涅（第六十二篇）、因自夸而变成蜘蛛的巧姑阿拉克涅（第六十四篇）、轻浮背叛的布里塞伊斯（第八十四篇），等等。

在匹桑笔下，这些深陷爱欲纠缠中的女子让读者感同身受。叙事笔触以绝望中的爱者视角出发。水仙遇见心爱的少年在水中沐浴，"脱衣下水，对他百般缠绵，他却粗暴地推开她，她苦苦哀求也无用，始终不能打动他的心"（第八十二篇）。厄科百般表白，得不到少年一丝垂顾，终于抑郁而死，她人死了，声音留下来，永在发出回声，提醒世间负心人，"真挚的爱人在被拒绝以后不得不死所遭受的巨大苦楚"（第八十六篇）。"伊阿宋狠心抛弃了美狄亚"，书中讲到这里，发出一句叹息，仿佛是美狄亚在痛苦中的自况："尽管她是多么美呵！"（第五十四篇）。神话充分展示了这些女子为执念受苦的心理处境。现代女性主义者批评传统男性作者有意成就女人形象的神秘神话，让女人成为男人的"他者"，永远成不了"自我"。匹桑的书写在三个世纪的沉寂之后重新引起关注，恰与其所谓的女性主义视角有关。

　　不是美人都如此，
　　世间多少高洁女子。（第四十五篇）

　　第四十五篇的主角是帕西法耶王后。在神话中，她爱上一头公牛，生下人身牛头怪。书中用来作为知廉耻的教训。即便如此，"评释"中强调的却是并非所有女性都天性荒淫，世间还有各种美质的高洁女子。

　　书中因而还有另一类女性，她们分别带有"种种馨香的德性"（第二十五篇），诸如乌塔耶女神的姐妹节制（第二篇）、女战士彭特西勒亚的忠诚（第三十四篇）、谷物女神刻瑞斯的慷慨（第二十四篇）、伊西斯女神的丰饶（第二十五篇）、美少女阿塔兰特（第七十二篇）和达佛涅（第八十七篇），等等。多篇神话诗中提及狄安娜女神，象征女性的贞洁、矜持和纯净（第二十三篇、第五十五篇、第八十七篇、第六十九篇、第六十三篇）。此外，赫克托耳的主母神兼有两种身份和称谓，既是战斗女神密涅瓦，又是才智女神帕拉斯，骑士之道就是要践行两种德性的完美结合（第十三篇、第十四篇）。

在"种种馨香的德性"中，匹桑最看重的是女子堪与男子比肩的才智，这从全书首尾两篇的呼应中得到强调。第一篇，负责教诲青年王子赫克托耳的不是男神而是女神，并且不是随便哪个女神，而是象征智慧和审慎的乌塔耶女神。第一百篇则提及库莫的女先知，中世纪流传一种说法，罗马元老院提议将屋大维封为神族，库莫的女先知向求问神谕的屋大维显现了童贞女怀抱圣婴的异象，引得罗马皇帝跪倒膜拜，放弃封神。骑士如赫克托耳，君王如屋大维，也要向一名女子学习，这里不无匹桑身为女性作者的自况意味。

乌塔耶女神拥有先知一般的预言能力。在书中，她既预言赫克托耳注定"声名盖世传万国"（第一篇），也预言赫克托耳的死（第九十篇）。

因为我有女神的识见，

凭靠先见而不是经验，

通晓一切将来的事……（第一篇）

拥有先知智慧的女性还有特洛亚的卡桑德拉：

"当她开口说话时，她的言语总是会应验。没有人敢说她曾说过一句谎言，卡桑德拉是充满智慧的女子"（第三十二篇）。

在赫克托耳战死沙场的前夜，他的妻子安德洛玛克做了一个梦，梦里预示赫克托耳隔天出战必死无疑。安德洛玛克用尽办法想留住丈夫，但他不肯听。这是又一个应听从明智女子的劝训的例子（第八十八篇）。

古代还有通医术的克里奥帕特拉，也是有智慧的女子，教导医学家盖伦辨认诸种草药及其特性（第四十五篇评释）。有才智的女子伊俄则以广博的学识和她所发明的文字造福世人（第二十九篇）。有见识的男子不应轻看那些和他们一样有才智的女子。当年居鲁士造次，才败在女战士托米丽司的手下（第五十七篇）。

匹桑的名作《女史之城》在题意上仿奥古斯丁的《上帝之城》。五世纪罗马城被哥特蛮族攻陷，时人将罗马帝国的沦亡归咎于基督宗教对传统多神信仰的背离。奥古斯丁著书回应，为基督徒的信仰构筑一道如罗马诗人贺拉斯所言的"铜墙铁壁"。①匹桑

--------

① 贺拉斯《歌集》，卷三，3。

建立一座"女子城邦"，同样也有力排众议的气魄和决心。①

在迄今留存的《女史之城》的手抄本中，我们还能看到一幅著名的彩绘。左边是美德三女神现身在匹桑的书斋里。她因读到太多鄙薄女人的书（就连最高贵的男子也不能幸免这样的偏见）而正感懊丧，恨不得生为男人。女神们交给她一项使命，要她为女子申辩。她要为有史以来的女性立书作传，或者作为一种譬喻的说法，她要建造起一座女子的城邦。彩绘的右半部分即是建城场景。在理智女神的指引下，匹桑一块块地砌起塔楼的石墙。她笔下一群可珍贵的女子形象，每一位均是城邦的一块墙石，洁白坚硬。

## 六

关于翻译的几点说明。

---

① 在玫瑰传奇之争里，匹桑公开反驳当时代的两个权威学者 Jean de Montreuil 和 Pierre Col："女人是什么？莫非是蛇狼狮龙，是吃人的兽，抑或是人性的大敌？……她们是你们的母亲和姊妹、妻女和良伴。她们就是你们。你们就是她们。"参看 Eric Hicks（éd.），*Le débat sur «Le Roman de la Rose»*，*Christine de Pisan*，*Jean Gerson*，*Jean de Montreuil*，*Gontier et Pierre Col*，Paris，1977，p.139。

《乌塔耶书》据考订有近五十件手抄本传世[1]，其中至少两件在作者本人的监督下完成，公推为基本参考底本。一件藏于法国国家图书馆（BNF，fr. 606），系匹桑专为奥尔良公爵定制的抄本，奥尔良公爵去世后由贝里公爵在 1408 年至 1409 年间收藏。另一件藏于英国国家图书馆（British Library，Harley 4431），系匹桑专为查理六世的王后巴伐利亚的伊丽莎白（Isabeau de Bavière）定制的抄本。现今在两大图书馆的官方网站上均可查阅到这两个版本的影印本。此译本还主要参考了另一件稍晚成书的波德迈抄本（Codex Bodmer 49），现藏于日内瓦的波德迈基金会文物资料博物馆（Bibliotheca Bodmeriana）。

现代文献方面，此译本主要参考了 Gabriella Parussa 的校勘本：Christine de Pizan, *Epistre Othea*, Genève, Droz, 1999, 以及 Hélène Basso 以波德迈抄本为底本的现代法文译本：Christine de Pizan, *Épître d'Othéa*, Paris, PUF, 2008。本书收录了 Hélène Basso 本的若干注释，均标明为"［法文本注］"。

此译本的初衷不在研究考据，本是为探寻神话诗

---

[1] 《乌塔耶》手抄本的考订问题，参看 Gabriella Parussa, pp. 87—108；G. Mombello, *La tradizione manoscritta dell' «Epistre Othea» di Christine de Pizan, Prolegommeni all'edizione del testo*, Torino, 1967。

的乐趣而成书，在诗文的翻译上并不刻意紧扣字眼照搬原文，亦未就中世纪法语的语言学考究下功夫。书中一百首神话诗，除前五首为长诗外，均系四行诗，两行一韵。译文勉力予以还原。每首诗以肯定或否定的命令句式开篇（肯定式如"要作"、"要听"、"要学"等等；否定式如"不要做"、"不要忘"、"不要像"等等），引出一段神话故事，或当引为戒，或当效仿。倘若篇篇直译，恐有损诗的意趣，译文故而大胆尝试了不同程度的句式变化。

涉及每篇"评释"中的神话理解，同样不求考释，只限于就神话出典做基本的注释说明。但凡涉及变形故事的，一律标出奥维德的《变形记》的相关出处。但凡涉及特洛亚战争故事的，则既标明荷马神话诗等古希腊典籍出处，也标出匹桑所参考的两部中世纪作品即四至五世纪的《特洛亚的陷落》和十二世纪的《特洛亚传奇》的出处。同样成书于四至五世纪的《特洛亚战争日志》虽未收录进匹桑参考著作《从古至恺撒时代的历史》，相关出处也一并标出，以供有兴趣的读者查询。

涉及每篇"寓理"中的《圣经》引文，原书做法是先引拉丁语经文，续以法语译文。匹桑的援引和翻译与《圣经》原本常有出入，书中在援引教会教父语录时也不止一次出现作者作品的名称混淆等疵谬。译本量力做了些注释说明。由于《圣经》汉译亦有版本问题，本书在正文中按匹桑的法语译文译出，并在注释中补充相应的和合本译文，以供读者对观。书中的《圣经》篇目同样采用和合本译名。天主教汉译在编目方面更亲近罗马教会长期使用的武加大拉丁语《圣经》版本（Vulgata），个别未收入和合本的篇目，则在注释中改为引用思高本译文。

涉及希腊罗马神话的专有名称，一律采用通用汉译名，而不按法语专有名称的音译方法。书末设有法汉译名对照表，以供读者检索。

本书翻译得到了法国国家图书中心（Centre National du Livre）的资助，谨致谢忱。

翻译这本小书历时两年。日子有限，却足以时时体味书中训示，"人生本如一场骑士行"，而给出这一训示的女神原是"无她也"，实乃又一场惊醒，妙趣无穷。谨以此译本纪念译者在两年中经过的那些岛屿和海洋。

吴雅凌

2014 年 12 月 31 日于贝勒岛

2015 年 9 月 4 日再记于特富野

# 乌塔耶书

## 审慎女神致青年骑士赫克托耳书信集

一

乌塔耶 ①，审慎女神，

养育了神勇的凡间仁人，

写信给你，王子赫克托耳 ②，

---

① Othéa，希腊神话中并无此神名，有关这个女神的来历，历代注家有诸多猜测。有说指 Athéna（雅典娜），也有说指十二世纪诗体小说《特洛亚传奇》(Benoît de Sainte-Maure，*Roman de Troie*，1160—1170）中的某个叫 Orva 的女神，理由来自书中的一个典故，女神 Orva 送给赫克托耳一匹马，本诗中同样提到 Othéa 送马。译者倾向于下面这种解释，Othea 中的 thea 对应希腊文中的 theos（神）的阴性写法，O thea 因而像是对女神的一种呼唤。这里试音译为"乌塔耶"，暗含"无她也"之谐音。本书中的脚注若无特殊说明，均为译者所加。

② Hector，特洛亚王子赫克托耳，出自古希腊英雄诗系传统。在荷马史诗《伊利亚特》中，赫克托耳的父亲是特洛亚王普里阿莫斯（Priam），母亲是王后赫卡柏（Hecube）。赫克托耳是特洛亚的第一战将，希腊人中唯有阿喀琉斯才能击败他。下文中说他是战神马尔斯和女神雅典娜之子等等，应该理解为他受这两位神的庇佑，秉持两位神的精神要义。中世纪直至文艺复兴时代广泛流传着两部讲述古代特洛亚战争的作品，一部是托名弗里吉亚的达瑞斯（Darès de Phrygie）的《特洛亚的陷落》(*De excidio Trojæ historia*），一部是托名克里特的狄克提斯（Dictys de Crète）的《特洛亚战争日志》(*Ephemeris belli Troiani*）。达瑞斯是特洛亚的火神祭司（如见《伊利亚特》卷五，9），狄克提斯则是英雄伊多墨纽斯的同伴，这两位因而均系传说中亲历特洛亚战争的古人。这两部作品的作者假称发现了他们的见闻录并译成拉丁文，创作年代约为四至五世纪。在匹桑之前，除《特洛亚传奇》以外，还有不少中世纪作者提到赫克托耳。在本书中，赫克托耳俨然成了中世纪骑士精神的代表。

高贵雄特，功名已赫赫。

你父亲乃战神马尔斯，

专司战斗，嗜杀成痴，

你母亲密涅瓦 ① 女神

有大能，制得缤纷的甲盾。

哦！高贵的特洛亚人之子，

特洛亚城邦与住民的后嗣，

我首先向你致敬，

真心爱护而不奉迎，

只因我思慕

你天生高义，心无旁骛，

唯望你英才长在，

慷慨的事迹不衰，

古往今来的世人爱你，

自你年少时起。

我写信要教诲你，

引你渐次洞悉

什么对你是必要，

何事悖逆真正的英豪，

———————

① Minerva，即希腊神话中的雅典娜。匹桑多使用罗马神名。在神话中，
雅典娜常在战场上使用父亲宙斯的神盾。

与功业背道驰。

这是让你心生勇气，

凭着好教养，去驾

那飞在空中的神马，

声名在外的佩伽索斯①，

所有勇士爱它的薄翅。

原来我深觉你的心结，

犹如一道准确的倾斜，

做个好骑士，论名副其实

五十万人中无人能企及。

因为我有女神的识见，

凭靠先见而不是经验，

通晓一切将来的事，

我会时时记挂你，

你，命中注定，

骑士中的骑士，声名

盖世传万国，

---

① Pégase，神马佩伽索斯，古希腊诗人赫西俄德最早在《神谱》中讲到，
英雄珀尔修斯砍下墨杜萨的头颅，佩伽索斯从中出生（行280—285）。
奥维德《变形记》第四卷也有相关叙述（行794—801）。中世纪基督教
作者赋予佩伽索斯的神马形象诸多"基督教化"的象征意义，比如英雄
柏勒罗丰骑着神马试图攀升至诸神居住的奥林波斯山，与灵魂的神性寻
索相连，等等。匹桑使用古代神话典故，多引自十四世纪无名氏著的
《基督教化的奥维德》（Ovide moralisé）。

只须你敬爱我。

你能有不敬爱的缘故？

我指引凡人的脚步，

谁懂敬畏和珍贵，

我会上讲坛施教诲，

助他平步青云。

我劝你与这类人比邻，

对我有真信心，

从此在记忆里烙印，

我为你写的原因。

若听我点明

一桩注定发生的事，

你心中切记，

仿佛它已经发生，

须知此事在我胸中，

俨然一则预言。

听吧，莫忧烦。

我决不提未然之事

若非它已然发生。切记。


**评释**

依据古希腊文的词源，Othéa 这个神名象征女性的明智。古人在信仰上未受启蒙，崇拜多神。不过，在多神崇拜下倒是产生了人类前所未有的强大政权：亚述人、波斯人、希腊人、特洛亚人、亚历山大大帝、罗马人，等等。所有伟大的哲人亦如此：神从前没有为这些人打开慈悲的大门。但如今在神恩的光照下，身为基督徒的我们有可能从德性上修正这些古代哲人的主张，并从中汲取极美的寓理。古代作者习惯于崇拜那些基于某种恩典的眷顾而超乎寻常命运的人，他们奉同时代好些以明智著称的女性为"女神"。据史料记载，在显赫的特洛亚城美名远扬的年代，确乎有一位明智的女性，人称"乌塔耶"①。特洛亚青年赫克托耳天生有美质，才华出众，显见神恩临在，前途无量。乌塔耶看重他，送他好些美妙非凡的礼物。她特别送他一匹神妙的马，当世无双，唤做"加拉忒亚"②。身为一名好骑士在尘世间所能得到的恩典，赫

———————

① 这里的说法源自公元前三世纪的希腊神话作者俄赫迈罗斯（Euhemerus），其著作《圣史》早已佚失，但古代作者多有援引。依据俄赫迈罗斯理论（euhemerism），诸神来源于历史真实人物在死后被崇拜圣化，比如宙斯生前是某个明智的好国王，阿佛洛狄特则是某个塞浦路斯王的情人，等等。早期基督教作者在评判古代异教信仰和异教神话时常常运用这类理论。匹桑解释古代神话，处处可见此种思路。

② Galathée，在古代神话里，加拉忒亚要么是恋爱中的水泽仙子，要么是皮格马利翁造出并深深爱恋的雕像，并与神马无关。本书的第五十九篇的主角水泽仙子加拉忒亚，对应奥维德《变形记》卷十三的故事（行730—899），第二十二篇讲了皮格马利翁的故事，不过没有提到雕像名叫加拉忒亚，对应《变形记》卷十的记载（行243—297）。

克托耳全部拥有，不妨说，多亏乌塔耶写信教诲他，才使他在德性方面得到这些恩典。

乌塔耶是审慎或明智的化身。赫克托耳也天生具备这种美德。接下来要讨论灵魂得到善好的管理所必需的四种基本德性①，我们用专有名称"乌塔耶"来命名其中的第一种德性，并以神话的方式表现它，同时不违背史实，以便读者更好地领会书中说法。我们在行文中援引古代权威哲人的言说作为依据。前面说到女神写信或送礼物给好骑士赫克托耳，这样的事也可能发生在所有渴望善好和明智的人身上。在提倡审慎的美德时，哲学泰斗亚里士多德说过，在诸种美质中，明智最高贵，因而要用最好和最美的言辞阐述。

**寓理之开场说明**

在从每篇诗文内容中汲取寓理时，我们将对照《圣经》经文，为灵魂在尘世停留期间的修养问题提

---

① Quatre vertus cardinales，基督教传统神学又称为"四枢德"，即本书前四篇的主题：审慎或明智（即"智德"）、节制（即"节德"）、勇敢（即"勇德"）和正义（即"义德"）。柏拉图在《理想国》中最早提到"善好的城邦政治"必须是明智的、勇敢的、节制和正义的（427e），与这里的说法完全一致。有关四种德性之说，在柏拉图对话中得到反复阐发，如见《普罗塔哥拉》，330b；《高尔吉亚》，349b；《美诺》，73e；《法义》，963a，等等。柏拉图以后，除下文中援引的亚里士多德以外，斯多亚哲人和一些拉丁作者亦有提到四种基本德性。

供我们的看法。

## 寓理之开场评释

万物由神的大智大能所造，因而必要努力促成神意的实现。人的灵魂由神按照自身形象所造，在所有造物中最高贵，仅次天使，因而必须具有诸种美德，以获得引领，实现神造灵魂的意图。此外，人的灵魂还有可能因敌人的攻击和陷阱而受束缚，这里说的敌人是指致命的对手，经常阻碍灵魂蒙获真福。我们不妨这么理解，人的一生即是在践行真正的骑士之道，《圣经》中有多处提及。既然尘世万物总有一死，我们须得时时记住那即将临在的时候，那是永恒的，蕴含高度和完美的理性，能为胜者赢取桂冠。本书的做法因而就是谈论骑士精神：唯愿本书在赞美神的前提下让有意倾听教诲的人获得滋养。

## 寓理

审慎或明智，是其他美德之母，是向导。没有它，其他美德就不可能得到好的管理。骑士精神必须具备审慎这一美德。在《论神职人员的独特性》[①] 中，

———————

① 书中用法文译名 *De la singularité des clercs*。奥古斯丁的拉丁文著作名为 *De singularitate clericorum*。

圣奥古斯丁说：但凡有审慎，人类就有可能令敌对之物中止进而消亡；但若轻视审慎，人类就会遭到敌对之物的控制。所罗门在《箴言》第二章中说："智慧若进入你的心，知识若使你的灵魂欢悦，明智和审慎必将保护你。"①

---

① 《箴言》，2：10—11。和合本："智慧必然入你心，你的灵要以知识为美。谋略必护卫你，聪明必保守你。"

二

眼下为了让你知晓

应该做什么，依靠

何种美德最有益处，

以便你更进一步，

配得起骑士的英豪，

虽说没什么能够担保，

仍然请听如下见证：

我有一位姐妹天生

得了各种美的装点，

但她的美质中最出众的一点

却是温柔安静，情性沉稳，

从不轻言怒忿，

一心只考虑分寸，

她就是节制女神 ①。

———————

① 第二首诗的主角是节制女神（déesse de Tempérance）。参看前文"四种
基本德性"的相关注释。节制，或分寸、适度，在古希腊思想中与"无
度"（Hubris）相对。在基督教神学里，节德的象征物常表现为两个容
器里盛着一股相互流动的水，节制帮助一个人克制诸种肉身的欲念（性
欲、食欲等），以建构内在的和谐、身心的健康。

少了她，你难得到

完美的骑士的名号。

凡是她没看入眼的，

微不足道如芥末。

我为此要求你像爱我一样

做这女神的朋友，切莫忘！

她确乎万事皆通达，

智者爱她并赞美她。

## 评释

乌塔耶声称，节制女神是她的姐妹，赫克托耳必须爱戴她。作为美德，节制确乎堪称为审慎的姐妹，乃至孪生姐妹。节制从审慎生发而出。节制还是审慎的表现。为此，乌塔耶要求赫克托耳把节制女神当成朋友。好骑士既然渴望获得有识之士应有的回报，也应把节制女神当成朋友。哲人德谟克利特说，节制克制恶习，并使美德更完美。

## 寓理

向善的灵魂必须节制，避免过度。在《教会风俗论》①中，奥古斯丁说得很清楚，节制的作用在于约

---

① 原书用法文名 Le Livre des moeurs de l'Eglise；拉丁文书名为 De moribus ecclesie。

束欲念，平息欲火。欲念损害人，使人背离神的法则。此外，节制还能帮助我们轻视肉身的逸乐和对世俗的赞美。《彼得前书》说："亲爱的，我劝你们侨居的和朝圣的，应禁戒肉体的私欲，这私欲是与灵魂争战的。"[①]

---

① 《彼得前书》，2∶11。和合本："亲爱的弟兄啊，你们是客旅，是寄居的。我劝你们要禁戒肉体的私欲，这私欲是与灵魂争战的。"

三

排在我俩之后的是英勇①，

既然你说要为美德效忠。

把目光转向赫拉克勒斯②，

细思他的无比勇气，

且为此经受多少考验。

他虽与你祖上结宿怨③，

以怒对怒自有确切的缘故，

---

① 第三种基本德性是勇敢，或灵魂的力量。在柏拉图的《会饮》中，苏格拉底被形容为"这个人的节制和勇敢实在让人倾慕"（219 d）。节制和勇敢相连，与此处一致。

② Hercule，古代英雄赫拉克勒斯，以勇气和力量著称。他是第三篇的主角。勇气因而是好骑士必须具备的第三种美德。诗中提到赫拉克勒斯完成的诸多降妖除魔的英雄业绩。

③ 赫克托耳是特洛亚王子。这里说"祖上结怨"，指从前赫拉克勒斯与特洛亚王拉奥墨冬（Laomedon）的纠纷。神话中说，赫拉克勒斯为特洛亚城斩除海怪，救了拉奥墨冬的女儿，以换取国王的马，但拉奥墨冬没有信守诺言，遭来杀身灭城之祸。《伊利亚特》卷五中，赫拉克勒斯的儿子回忆父亲，"人们说他勇敢坚忍，心雄如狮，曾经为了夺取拉奥墨冬的马，带着六艘船和不多的士兵来到这里，攻下特洛亚城，使街道荒凉无人迹"（行 638—642）。拉奥墨冬的儿子中，只有普里阿摩斯幸免于难，也就是赫克托耳的父亲。

你不可妄加轻侮，错估

他那高贵无失的美质，

那是开启英雄之门的钥匙。

你想望像他一样

去效仿他的英勇也无妨，

却用不着像他一样

去向冥府中的强人逞强。

用不着去较量普鲁同王 ①，

带走珀耳塞福涅 ② 是冥王轻狂，

那谷神刻瑞斯的爱女

被他从希腊边境的海上抢去。

用不着去费心结仇

刻尔柏若斯 ③ 那冥府的看门狗，

---

① Pluton，冥王普鲁同，即希腊神话中的哈得斯。《伊利亚特》第五卷中历数凡人英雄伤害天神的例子，说到赫拉克勒斯曾在皮洛斯让冥王"吃过速飞的箭矢的苦头……他心里烦恼，身上痛苦，箭射进他的强健的肩膀，使他心神不安"，直到神医把他治好（行395—404）。

② Proserpine，珀耳塞福涅，宙斯和谷神刻瑞斯（Cérès，即希腊神话中的德墨特尔）的女儿，后来被冥王劫走，成了冥后。古代托名荷马的《德墨特尔颂诗》中有详细的叙述。赫西俄德的《神谱》中提到冥王劫走珀耳塞福涅："宙斯又和生养万物的德墨特尔共寝，生下白臂的珀耳塞福涅，她被哈得斯从母亲身边带走，大智的宙斯做主把女儿许配给了他"（行913—915）。奥维德在《变形记》卷五中讲了冥王抢走佩尔塞福涅的故事（行294—571）。

③ Cerbère，刻尔柏若斯，冥府的看门狗。赫西俄德在《神谱》中为之命名，并称是"难以制服、不可名状的怪物"，"食生肉，声如铜钟"，"长有五十个脑袋，强大而凶残"（行310—312），它守在冥府门前，"冷酷无情，擅使阴险的诡计；它摇耳又摆尾，逢迎人们进来，却阻止他们折回去；它窥伺着，抓住并吃掉那些企图夺门逃走的人"（行769—773）。征服刻尔柏若斯是赫拉克勒斯的十二项任务之一。

也用不着去挑战

冥府遍地的护卫余残，

那些冷酷的反叛的怪物。

当初赫拉克勒斯不辞辛苦，

全为了同伴佩里托奥斯和忒修斯 ①，

他俩差点儿受怪物蒙蔽，

进了这冥府的深渊，

和多少灵魂一起受难。

尘世间自会有足够的战争，

你用不着下地狱寻访。

你同样用不着

为了扬名争高，

去大战凶骇的蛇虫、

狮子和会攀爬的熊，

还有你想都想不到

各种荒蛮的野兽怪妖，

以此立下勇敢的美名。

你只能是为了捍卫性命

———————

① Pirithoos et Thésée，佩里托奥斯与忒修斯。佩里托奥斯是拉皮泰人的王，他与忒修斯不打不相识，成了好友。两人一起下冥府，企图带走冥后佩尔塞福涅未遂而被囚禁。赫拉克勒斯救出了忒修斯，佩里托奥斯则永远受困在冥府。

才真有必要采取行动，

好比遭了这些怪物进攻，

这时的防卫合乎情理，

能给你挣荣誉，用不着怀疑。

击退进犯的胜者

必有尊敬和荣誉来贺。

**评释**

　　力量不只是某种身体的品质，也指坚定和忠贞。好骑士必须具备这样的品质，带着沉稳的态度决定自己的诸种行动。力量还能帮助他抵御各种障碍，不幸也好，考验也罢。忠贞和勇气在这类困境中很有用，也能烘托出骑士的价值。乌塔耶把赫拉克勒斯当成力量的具体典范，有双重的名义：就力量作为品质的层面和践行骑士之道的层面而言，赫拉克勒斯都是好例子。赫克托耳身份高贵，自然要为他树立一个有威信的追随榜样。赫拉克勒斯其实就是一名来自希腊的骑士，天生有神力，有过无数次骑士历险。他在大地上四处漫游，这些漫长而神奇的游历见证了他的异乎寻常的力量。神话学家们在这方面讲过很多。他们的叙述方式相当隐匿，假意是在讲传奇故事。他们甚至讲他下到地狱，与地狱中的生灵抗争，征服蛇妖和各种怪兽。我们应理解为他在完成一些勇气十足的任务。乌塔耶因此要求好骑士把赫拉克勒斯当做一面镜子，也就是说，对照自身的能力，思考赫拉克勒斯的战功和勇敢。正如阳光让所有人受益一样，这也有可能是很好的范例。古代哲人说，种子掉在适宜的土中，让所有人受益。同样的，赫拉克勒斯也有可能是一个好例子，让所有渴望变得勇敢的人受益。智者说，力量是一种美质，有助于人们不断战胜一切。

## 寓理

好骑士若不具备力量和活力，就不可能赢得战争的胜利。向善的灵魂若不具备这些美质，也同样不可能赢得一个正直的人在胜利时应得的回报和奖赏。安布罗斯在《论责任》①第一章中说：人类的真正勇气在于逆境中不破灭，盛时不骄傲，随时随地保护德性之美；力量支持正义，向恶习发起永无止境的斗争，从不放弃艰难的任务，大胆直面危险，在肉欲的诱惑下绝不妥协。福音书作者约翰在《约翰一书》第二章中说："少年人啊，我写信给你们，因为

———————

① 拉丁文原文为 *Des offices*。安布罗斯（Sanctus Ambrosius）是四世纪的拉丁教父。

你们刚强，神的道常存在你们心里，愿你们也胜了那
恶者！"①

---

① 《约翰一书》，2：14。和合本："少年人啊，我曾写信给你们，因为你们
刚强，神的道常存在你们心里，你们也胜了那恶者。"

# 四

想让世人认同与我们一族，
你尚要向米诺斯学徒。
他在天上地下谁不忌惮，
那所有死者和生者的判官。
你渴望趋向完满，
先学会公正地评判。
否则不配船上做小工，
更何谈一国的体统？

## 评释

审慎女神告诉好骑士，他若想跻身受尊敬的人物
的行列，就必须培养正义的德性。正义，也就是评判
公正。亚里士多德说，公正的评判者首先必须自我评
判。因为，一个人不自我评判，就没有资格评判他
人。所谓"自我评判"，应当理解为纠正自身的缺点，
并尽量渐渐摒除这些缺点。做过这番自我评判的人才

有资格去纠正他人。就道德层面而言，我们讲了一则
神话故事，也就是以神话的方式通过虚构的故事讲道
理。在古代神话中，米诺斯① 是冥府里的判官，类似
于行政官或大法官。死者的亡魂下到冥府的幽谷中，
即被带到他面前。依据这些死者应得的奖惩，他让他
们一一排队，决定他们轮回几次或下到几层冥府。冥
府由此成为施行正义和神对人的正当惩罚的所在，我
们在这一点上要稍作更正。古代克里特有一位极为高
贵的国王名叫米诺斯，这是经得考证的史实。这位国
王拥有举世无双的正义精神。所以，神话才说，他死
后做了冥府里的判官。亚里士多德说，正义是神特意
在尘世间设立的一道防线，一种标准。

**寓理**

神是世间一切秩序的标准，因而也是正义的标
准。向善的灵魂必须具备正义的德性，才能获得最

---

① Minos，米诺斯，神话传说中的宙斯和欧罗巴之子，克里特王。这里
作为第四篇的主角，象征第四种基本德性，即公正。米诺斯死后做了
冥府的判官，柏拉图在《高尔吉亚》中有详细描绘（523—524）。但
匹桑将米诺斯视为公正的代表，也许还与奥维德在《变形记》卷八中
讲的故事有关。这位克里特王去攻打墨伽拉城，当地公主斯库拉爱上
他，在夜里剪下父亲的一绺头发，送给米诺斯作信物。公正的米诺斯不
但严词拒绝这件不光彩的礼物，随后还向战败的敌人提出公平的条件
（行1—151）。

终的荣耀。圣贝尔纳在某次讲道中说，正义不是别的，就是把原本属于每个人的归还给每个人。"你要把原本属于以下三类人的归还给他们：你的主人，你的同类人或至少是与你平等的人，你的下属。对你的主人，你要敬重和顺从：敬重在心，顺从在行。对你的同类，你要忠告和协助：忠告是提醒他所忽略的，协助是弥补他所做不到的。对你的下属，你要监督和惩戒：监督以免他行不当，惩戒则在他行恶时予以惩罚。"所罗门在《箴言》第二十一章中说："义人思考，好知道如何将恶人从邪恶的家拔除不受影响。秉公行义使义人喜乐。"①

_____

① 《箴言》，21：12，15。和合本："义人思想恶人的家，知道恶人倾倒，必至灭亡。秉公行义使义人喜乐。"

# 五

你要看向珀尔修斯 ①，

英雄美名传世，

人间无处不爱他的风雅。

他骑上佩伽索斯神马 ②，

划破长空，快快地飞翔，

去给安德洛墨达 ③ 救场，

降了害人的海怪，

强行带走那女孩，

又好似行游的好骑士，

送归她父母的宫室。

---

① Persée，希腊英雄珀尔修斯。这里作为第五首诗的主角，象征骑士的荣誉和声名。珀尔修斯趁戈耳戈姐妹沉睡的时候，砍下了墨杜萨的头。参看第五十五篇。有关珀尔修斯的英雄经历的最早记录，参看赫西俄德《神谱》，行 280—283；《赫拉克勒斯的盾牌》，222。

② Pégase，神马佩伽索斯，参看前文相关注释。

③ Andromède，安德洛墨达，埃塞俄比亚公主，天生美貌，因而触怒女海神，被困在海边的岩石上，准备献给海怪刻托。珀尔修斯救了她。两人最终结为夫妻。阿波罗多尔的《藏书》(卷二，4)和奥维德的《变形记》(卷四，行 663—764)均有详细的叙事。

记住他是如何行事的，

真正的骑士必然选择

这条路，一心向往

最值得向往的名望。

用他打败无数人的闪亮

盾牌将你的脸照亮，

再拿他的大刀为装衬，

你也会勇武有自信。

## 评释

好骑士必享有荣誉，受人敬重。我们通过神话说明这一点。珀尔修斯是一名勇敢的骑士，征服了好几个国度，比如广袤的波斯。波斯之名正是从他而来。神话作者们说，他骑一匹有翼会飞的神马，名叫佩伽索斯。这里应理解为，他的声名如有翼般传播广远。他手执一柄镰刀或大刀，暗示他在战斗中击溃好些敌人。他从凶残的海怪那里救出安德洛墨达。依据诸神之意，这头海中的龙本该吞吃那少女，结果却是他救出那少女。这里应理解为，骑士的天然职责就是援救困境中的女子。珀尔修斯和神马因而象征骑士的荣誉，他必须立下功劳才能享受荣誉，并以此实现身为骑士的价值。换言之，他必须如骑士一般行事，在所有国度里保持骑士的名分和姿态。亚里士多德说，一个人有好名声，就会引世人注目，使王公欣悦。

**寓理**

向善的灵魂必须向往有天国诸圣相伴的荣誉，并通过完美的言行获得这项荣誉。骑士的马佩伽索斯就是他的守护天使，等到末日审判时，将为他的良善作证。安德洛墨达是他的灵魂，他通过战胜自身的种种罪过，从魔鬼般邪恶的敌人那里拯救了灵魂。此外，我们向往好的声名，不是为了某种虚妄的荣耀，而是为了神。奥古斯丁在《论纠正和恩典》①中说，人活在世上有两件根本的事：良知和声名。良知在内，声名在外。一个人若只信任良知而轻视声名，这样的人是残忍的。《便西拉智训》第四十一章："当心你的名誉，这比千百样黄金财宝还珍贵。"②

---

① 【法文本注】匹桑援引的法文标题缩写为 *Le livre de la correction*，但实际出处当为奥古斯丁的另一篇布道词 *De communi sermone clericorum*。
② 《便西拉智训》（41：12）被定为新教次经，未收入和合本。参看思高本《德训篇》，41：15："你应注意你的名誉，因为名誉与你相处，久于千万黄金巨宝。"

# 六


你的天生的气质，

还要添上朱庇特的气质。

等你有了这点内里，

自是今非昔比。


**评释**

众所周知，古代崇拜多神的异教徒将每个天体视为特定的神。他们依据七大行星的名称为一星期的七天命名。他们崇拜朱庇特①，即木星（Jovis）。他是诸神中的王，在行星中占据最高位。星期四（Jeudi）即是从他命名。此外，炼金术士还将七种金属和七大行星加以联系和比较。他们依据行星名称来创造炼金术

---

① Jupiter，朱庇特，即希腊神话中的神话宙斯，又指木星。第六至十二篇依次以木、金、土、日、月、火、水七大行星及其对应的神为主角，并且似乎依次对应基督教传统神学中的七美德：谦卑、宽容、耐心、勤勉、慷慨、节制、贞洁。

的专用术语，比如贾比尔、尼古拉斯和其他一些炼金术作者①。朱庇特的性格温柔、可喜又特别开朗。他代表多血质的性格。审慎女神为此说，好骑士要有朱庇特的气质，这就像高贵的人都渴望配得上骑士的称号一样。毕达哥拉斯说，王者要与臣民友好交谈，热情款待对方。这里应理解为，所有向往荣誉的勇士都有义务这么做。下面我们会依次谈论七大行星的特点，并从中汲取寓理。

## 寓理

木星是温柔和带有人性的行星。好骑士必须具备木星的气质，这意味着，好骑士要有悲悯心和同情心。格里高利在写给那波提阿努斯的信②中说："我不记得读过或听说过，一个人一生行事悲悯却死于非命。因为，悲悯会让这人有许多代求情者。那么多人一起祷告，神恩不可能不让实现。"福音书中记录耶稣的话："怜悯的人有福了，因为他们必追随怜悯。"③

---

① 【法文本注】贾比尔（Jabir ibn Hayyan），八世纪的波斯炼金术士，这里按中世纪的习惯写成 Geber。尼古拉斯（Nicolas）其人不详。匹桑的父亲也是当时欧洲著名的炼金术士。

② 【法文本注】《致那波提阿努斯的信》（Epistola ad Nepotianum）的作者是圣耶柔米，不是圣格里高利。

③ 《马太福音》，5: 7。和合本："怜恤的人有福了，因为他们必蒙怜恤。"

# 七

莫认维纳斯女神，

也莫在意她的应承。

思慕她必多愁困，

徒惊心，声名难存。

**评释**

维纳斯 [1]，即金星（Venus）。星期五（Vendredi）的名称源自该词。此外还与金属中的铅或锡相关。维纳斯引发爱情以及人们对爱情的欲求。从前，塞浦路斯有个女王叫维纳斯，美貌出众，且生性轻浮，许多人坠入情网，她却不只一个爱人，而是有好些个。人们叫她爱神，因为她鼓励淫乐。乌塔耶告诫好骑士不要信奉这个女神。这里应理解为，不论身体还是精神都不应顺从这个恶习。至尊赫耳墨斯说，淫乐之恶，

---

[1] Vénus，维纳斯，即希腊神话中的阿佛洛狄特，一般认为是性欲和性感的象征。这里被解释为爱欲引发的淫乐和虚荣。维纳斯与金星同名。

令所有美德黯然失色。

## 寓理

好骑士不应把维纳斯当成崇拜的女神。同样的，向善的灵魂不应含带任何虚荣。卡西奥多在评释《诗篇》时 [1] 说：虚荣使天使变成魔鬼，因为虚荣，第一个人变成有死的，失却神原本赐予的真福；虚荣是诸种恶习之母，是的，它是诸种恶习的起源；人类败坏，变得可憎，不再受神恩典，这种败坏同样来自虚荣。《诗篇》第三十章，大卫对神祷告："主啊，你憎恶那些拜假偶像的奴仆。" [2]

---

[1]　Cassiodore, *Super Psalmos.*
[2]　《诗篇》30：7。和合本："主啊，你憎恶所有不懂弃绝无谓败坏的人。"

# 八

你参与一场审判，

莫从萨图努斯的师传。

决断安能信口出，

心中但有踟蹰？

**评释**

萨图努斯 ①，即土星（Saturne）。星期六（Samedi）
的名称源自该词。土星的特质是缓慢和沉重。金属中
的铅与之相连。古时克里特有个王叫萨图努斯，以智
慧著称。神话虚构了如下故事情节：他被儿子朱庇特
割下生殖器。这里应理解为，朱庇特夺走他的权力，
抢占他的财产。透过萨图努斯的沉重和智慧的特质，

---

① Saturne，萨图努斯，即希腊神话中的克洛诺斯，又指土星。评释中依然
沿用俄赫迈罗斯理论，把萨图努斯说成真实存在的王。乌兰诺斯—克洛
诺斯—宙斯三代神王的权力征战是古希腊神话的重要组成部分。赫西俄
德在《神谱》中详细讲述了克洛诺斯如何遭到儿子宙斯的埋伏，在暗夜
里被割去生殖器并被夺走神族的王权（行154—181）。

乌塔耶教导道，不论涉及奖惩还是别的场合，好骑士在做出评判之前要衡量肯定和否定两方面。这个训导适用于所有承担评判责任的人。至尊赫耳墨斯说，认真想好你做出的每个决定，特别是你评判他人的决定。

### 寓理

好骑士要学会不急于评判，在宣布判决之前审慎权衡。同样的，向善的灵魂也要遵循类似原理，因为，只有神才有能力审判，也只有神才有能力分辨诸事的因由。格里高利在《道德集》①中说，人类受自身条件所限，无法理解神的审判，这时不应妄加评论，冒昧发表意见，而应在畏惧和沉默中予以尊敬，无论这些审判多么惊人，我们应坚信它们是公正的。大卫在《诗篇》第十九章中说："耶和华的神圣敬畏，存到永远；耶和华的真实审判，全然公义。"②

---

① Saint-Grégoire, *Moralia*.
② 《诗篇》，19：9。和合本："耶和华的道理洁净，存到永远；耶和华的典章真实，全然公义。"

# 九

愿你言辞清朗不说谎，
阿波罗神保佑你常思量：
他容不得一丝肮脏，
不管在什么伎俩里藏。

**评释**

阿波罗，或福波斯，也就是日神。星期日①与之相
连，以及金属中的黄金。日光照亮一切，包括被遮蔽
的万物，真相大白、秘密曝光因而与日神有关。好骑
士的思与言时时要有这一美德，也就是敬畏真理。至
尊赫耳墨斯说，爱神，爱真理，给出光明磊落的建议。

**寓理**

日神阿波罗象征真理，我们不妨这么理解，从效

---

① 法语中的 dimanche 源自拉丁文 *dies dominicus*〔主日〕。

忠耶稣基督的骑士口中只能说出真理，杜绝各种形式的虚伪。金嘴迪翁在《保罗颂》中说，虚伪的本质在于，即便无人反对也终究会自行消亡，反过来，真理的本质在于，越是遭遇反对越是坚强，有助于实现自我提升。《以斯拉记》第三章："真理无往不胜。"①

---

① 和合本中并无此句。

## 十

莫学福柏善变，

无常寡淡，深烦

世人多少坚贞，

恨为月娘的自困。

**评释**

福柏 ① 即月亮（Lune），与星期一（Lundi）的名
称同根。她与金属中的白银相连。月亮时刻在变化，
还会导致人类善变乃至疯狂 ②。乌塔耶女神因而说，好
骑士必须避免这些恶习。至尊赫耳墨斯说，运用智
慧，坚贞不变。

———————

① Phébé，福柏，在古希腊神话中系天神和大地所生的女提坦神，并不与
月亮有关。月亮女神乃是塞勒涅（Selene），参看第二十三篇中的狄安娜
（即阿尔特密斯）。福柏的词源本意是"光亮的"，大约因为这样才有此
谬误。

② 中世纪以来的月圆与疯狂相连的传说，在今日几成西方世界的某种"常
识"，以致有科学家大费周折加以调查论证。本书中有好些观念在如今
看来皆有"过时"之嫌，反倒是这点迷信迄今依旧盛行。

**寓理**

福柏，或月亮，象征善变的性格。好骑士应引以为戒，向善的灵魂亦然。安布罗斯在《致辛普里卡努斯的信》①中说：疯子因月亮圆缺而变化，智者却保持不变，始终如一；他不被恐惧击垮，有权时不善变，兴盛时不吹嘘，衰败时不自毁；只要有智慧、美德和力量，就能保持坚贞的心。智者性情温和稳定，命运再怎么翻转，总能做到宠辱不惊。他不会在不同观点之间迟疑，而只信耶稣基督，秉持爱德。《便西拉智训》第二十七章："虔信的人言辞总带智慧，疯子却如月亮般善变。"②

---

① Saint-Ambroise, *Epistola ad Simplicianum*.
② 参看思高本《德训篇》27：12："虔诚人的言论是智慧的，愚人的变化好似月亮。"

## 十一

从令尊马尔斯，我深知
你有一天会承继他的风姿，
不辱高贵的出身门第，
天生战神善战的威仪。

**评释**

马尔斯（Mars）①，与星期二（Mardi）的名称同根，并与金属中的铁相连。马尔斯即火星，影响战争和战斗。但凡热衷于战斗和骑士功业的骑士，并能够凭借战斗中的胜利赢取荣誉，均有资格获得"战神之子"的称号。赫克托耳虽是普里阿摩斯之子，乌塔耶却在这里称他为马尔斯之子，我们应理解为，他必须

---

① Mars，战神马尔斯，即古希腊神话中的阿瑞斯，又指火星。赫克托耳的生父生母本是特洛亚城中的国王普里阿摩斯和王后赫卡柏，但第一篇已提到，他另有"教父"和"教母"，也就是战神马尔斯和技艺女神密涅瓦。参看前文相关注释。

仿效父神的典范，所有好骑士均应如此。有智者称，从一个人完成的功业可以看出这人心中倾慕什么。

**寓理**

战神马尔斯代表在尘世间英勇作战的神子，再合理不过。向善的灵魂必须追寻耶稣基督的榜样，抵抗诸种恶习，正如安布罗斯在《论责任》第一章说：谁想做神的朋友，就必须做魔鬼的敌人；谁想与耶稣基督和平共处，就必须与诸种恶习进行不懈的斗争；当一座城邦内部充满各种密探时，我们在城外的战场上杀敌是没有用的，同样的，如果不努力抵抗自身灵魂的罪过，想要战胜自身之外的邪恶也是不可能的。战胜自我才是最光荣的胜利。《以弗所书》第六章，保罗亦言："我们不是与血肉争战，乃是与那些幽暗世界和天空属灵气的恶魔争战。"①

---

① 《以弗所书》，6：12。和合本："因我们并不是与属血气的争战，乃是与那些执政的、掌权的、管辖这幽暗世界的，以及天空属灵气的恶魔争战。"

## 十二

你要有出众的辩才，

言辞清白不松怠。

墨丘利深谙言说的技艺，

自会传授你内中奥秘。

**评释**

墨丘利（Mercure）①，即水星，与星期三（Mercredi）
的名称同根，与水银相连。水星的影响使人拥有庄
重的仪表和能说善辩的修辞能力。好骑士必须具备
这些特质。因为，享有最崇高声望的贵族无不具备
庄重的仪表和出众的口才，前提是不能饶舌。第欧
根尼说，就所有美德而言，多即是好，只有言辞是
例外。

---

① Mercure，墨丘利，即古希腊神话中的赫耳墨斯，又指水星。墨丘利是
  诸神的信使，擅长言说的技巧。本篇为"七大行星系列"的最后一篇。

**寓理**

墨丘利是言说之神，这里不妨理解为，宣誓为耶稣基督效忠的骑士必须掌握宣讲和解释教理的技能，不但如此，他还必须爱戴、尊敬宣教者。格列高利在讲道时说过，我们必须完全尊敬那些宣讲圣经的人。这些人在神面前往来，神与他们同在。圣言先入我们的心中，神随后才住进来。宣教者满带激励的话语先对我们产生影响，随后我们才有可能领会属神的真相。耶稣基督对门徒说："听从你们的就是听从我，藐视你们的就是藐视我。"①

———————

① 《路加福音》，10：16。和合本："听从你们的就是听从我，弃绝你们的就是弃绝我。"

## 十三

各式制作精良的甲胄

坚实不朽，装点你行头，

你母亲密涅瓦的礼物，

她对你不露一丝涩苦。

**评释**

密涅瓦 [1] 是古时一位聪慧的女性，精通制造甲胄。古人以皮革作护身盔甲。密涅瓦手艺超群，被奉为女神。赫克托耳很清楚如何使用各种甲胄，这也是他的真正职责，所以乌塔耶才唤他作"密涅瓦之子"，虽说他真正的母亲是特洛亚城的赫卡柏王后。事实上，所有热爱武装甲胄的人都配得上这个称号。某位知名

---

[1] Minerva，密涅瓦，或下一篇中的帕拉斯，或希腊神话中的雅典娜，赫克托耳的精神"教母"。这里依然是依循俄赫迈罗斯理论，把女神说成古时真实存在过的某位女子，因具有超能而被奉为女神，同下一篇说法。

作者说过，骑士为武器而沉迷，武器也就成为他的主人。

## 寓理

好骑士从母亲那里收到许多制作精良、坚实不朽的甲胄。这里应理解为，信德作为基督宗教的三超德①之一，是心善的灵魂的母亲。送出许多甲胄的意思，正如卡西奥多②在评释《信经》时所言，信德是灵魂之光，天国之门是生命的窗口，是永恒救赎的基础。没有信，人无法得神的喜悦。《希伯来书》第十一章，保罗说："人无信德，就不可能得神的喜悦。"③

① 本篇至第十五篇依次谈及基督宗教传统中的三超德：信仰、希望和爱。
② 【法文本注】这里的引文当出自金嘴迪翁的《论信经》(Jean Chrysostome, *De Simbolo*)，而不是卡西奥多的作品。不过，匹桑似是根据记忆写成，并且出于抄写笔误、漏字脱字等原因，这段引文与金嘴迪翁的原文有较大出入。阅读本书不应过于苛求作者援引早期教父、古代哲人或圣经经文时的确凿无误，而应尝试从中体会作者活泼的思想流淌，她尝试将教理运用到日常生活，形成某种有生命力的伦理学。
③ 《希伯来书》，11：6。和合本："人非有信，就不能得神的喜悦。"

## 十四

你与帕拉斯女神交好，

必要的功劳样样不少，

就这么去做，自有进益，

帕拉斯和密涅瓦本合一。

**评释**

紧接着，乌塔耶让赫克托耳把帕拉斯（Pallas）与密涅瓦联系在一起。这两个女神"本合一"。事实上，帕拉斯和密涅瓦是同一个女神，只不过人们依据自己所能理解的方式给她两个名称。古时那位名叫密涅瓦的女性，因出生于帕兰斯岛（Pallance），又叫帕拉斯。她在各种事情上展现了极大的才华，发明了好些极为巧妙的技术，因而得到才智女神的名号。凡与勇武有关的，算到密涅瓦身上，凡与才智有关的，则算到帕拉斯身上。乌塔耶的意思是，赫克托耳必须将才智与勇武相结合，这是恰当的做法。此外，武器应理解为信仰的卫士，至尊赫耳墨斯说，信仰的爱与智慧相结合。

## 寓理

象征才智的帕拉斯要与骑士的勇武合而为一，同样的，希望的美德也要与骑士精神所具备的其他美德合而为一。没有希望，其他美德的益处无法显现。欧利根在评释《出埃及记》时 [1] 说，有死者在此生中受苦，唯有从对来世的希望中获得慰藉。劳作者以分配到报酬的希望减轻劳作的辛苦，优胜者以摘得桂冠的希望缓和伤口的疼痛。《希伯来书》第六章，保罗说："我们因拥有和被赐予这持定摆在我们前头的希望而大得勉励。" [2]

---

[1]　Origène，*Super exodum homiliae.*

[2]　《希伯来书》，6：18。和合本："我们这逃往避难所、持定摆在我们前头指望的人可以大得勉励。"

## 十五

愿你珍惜彭特西勒亚，

你死后她的悲哀难复加，

这么高贵的女子值得敬爱，

她的声名要在四海传开。

**评释**

彭特西勒亚 ① 是阿玛宗女战士部落的王后。她貌美无比，胆气十足，在无数战斗中取得非凡的荣耀。古代骑士赫克托耳的英名传遍各地，他的高贵和勇气吸引这位王后。她深深爱上这位骑士，为见他一面，从东方去到特洛亚。当时希腊人正要攻陷特洛亚城。

---

① Penthésilée，彭特西勒亚，阿瑞斯的女儿，阿玛宗女王，参看荷马，《伊利亚特》，卷三，行185；奥维德，《变形记》，卷十二，行611；阿波罗多罗斯，《藏书》，卷五，1。在晚期拉丁作者和中世纪作者笔下，彭特西勒亚的故事得到进一步阐发。她因爱慕赫克托耳而参加特洛亚战争，后来在战场上被阿喀琉斯打伤致死，而阿喀琉斯也因此深深爱上她。参看达瑞斯，《特洛亚的陷落》，36；狄克提斯，《特洛亚战争日志》，卷三，15—16；《特洛亚传奇》，51—54。本篇以彭特西勒亚对赫克托耳的爱，呼应基督教信仰中的爱德。

她找到他时，他已战死。她悲痛万分。她身边带着一群年轻的女战士，个个堪比最勇敢的骑士。她决心为他复仇，在战斗中取得傲人的胜利，给希腊人带去许多不幸。正因为这些美好的品质，乌塔耶要求好骑士敬爱彭特西勒亚。这里应理解为，好骑士有义务爱戴和尊敬所有明智和忠贞的女性。彭特西勒亚为赫克托耳的死悲哀不已，这意味着她为一名骑士丧失勇敢和侠义而感到痛心。智者说，在哪里看见善好，就要在那里大加赞美。

### 寓理

好助人的彭特西勒亚是爱德的象征。作为第三种超德，爱德是骑士必备的品德。卡西奥多在评释《诗篇》时说，爱如春日细雨，令美德的点滴丝丝渗出。爱使善好的意愿萌芽，使悲悯的行为结果。爱是在困境中有忍耐，在繁盛时有节制，在羞辱中有力量，在悲伤中有喜乐。爱是宽厚对待自己的敌人，慷慨运用自己的财富。保罗在《哥林多前书》第十三章中说："爱是坚忍耐心，又有宽容，爱是不嫉妒，爱是不浮夸，不奢求，不做不公道的事，不求他人的财物。"[1]

---

[1]《哥林多前书》，13：4—5。和合本："爱是恒久忍耐，又有恩赐；爱是不嫉妒，爱是不自夸，不张狂，不做害羞的事，不求自己的益处。"

## 十六

莫学纳喀索斯自恋，

浑身蒙着无端的傲慢；

一名骑士自负自耽，

多少恩泽亦是欠残。

**评释**

纳喀索斯①是古时一个年轻人，貌美非常，傲慢自负，看轻世间所有人。他只欣赏自己，迷恋上自己的样子，日夜坐在泉水边，端详自己的倒影（自恋的强迫症），最终死在那里。为此，乌塔耶禁止好骑士耽迷于自己行过的善事，以免自负。苏格拉底说过，年轻人，当心你的青春美貌欺骗你，它可不长久。

---

① Narcisse，纳喀索斯，在神话故事中因爱恋自己在水中的影子而变形为水仙花。参看第八十六篇。奥维德在《变形记》卷三中讲了纳喀索斯和厄科的故事（行339—510）。本篇的主题是七宗罪之傲慢。

**寓理**

我们从这里开始关乎七宗罪 ① 的譬喻性解释。纳喀索斯代表傲慢之罪，向善的灵魂要引以为戒。欧利根在评释《以西结书》时 ② 说："土块和灰尘凭着什么自傲？一个人凭着什么狂妄自大？他只需想想，他是从哪里来，又会到哪里去，那只承载他的生命的船何等脆弱，他一生深陷于哪些污秽，从他的肉身又排泄出怎样的粪便？"《约伯记》第二十章："他的傲慢虽达到天上，头虽顶到云中，他终必消亡，像自己的粪一样。" ③

① 三超德之后，接以七宗罪。本篇至第二十二篇依次谈论人的七种重大恶行：傲慢、妒忌、暴怒、懒惰、贪婪、贪食及色欲。
② *Super Ezechielem homiliae.*
③ 《约伯记》，20：6—7。和合本："他的尊荣虽达到天上，头虽顶到云中，他终必灭亡，像自己的粪一样。"

## 十七

狂怒吞噬了阿塔玛斯，

因着疯狂女神的诱使，

他亲手扼死两个亲生子：

这等暴怒应严加禁止。

**评释**

阿塔玛斯 ① 是古时的国王。他的第二个妻子叫伊诺。伊诺企图谋害国王与前妻所生的两个孩子，故意往田里播煮过的种子，并贿赂神托者去骗国王和当地住民，声称田里的种子没有发芽是因为诸神希望驱逐并流放国王的两个高贵美丽的孩子。国王被迫接受流放亲生子的事实，但他心里非常痛苦。朱诺女神 ② 决

---

① Athamas，阿塔玛斯，波俄提亚国王。本篇的主题是七宗罪之暴怒。希罗多德在《历史》第七卷中讲到一个阿塔玛斯的故事，同样与愤怒有关（7，197）。

② Junon，朱诺女神，即希腊神话中的赫拉，神王朱庇特的妻子。她嫉妒神王爱上凡间女子塞墨涅。塞墨涅死后，她的姐妹伊诺（Ino）收养其遗腹子狄俄尼索斯，因而被朱诺女神记恨。奥维德在《变形记》卷四中详细讲述了朱诺陷害阿塔玛斯和伊诺的故事（行416—562）。

定复仇。她去冥府向疯狂女神①求助。疯狂女神去找阿塔玛斯。她的样子可怕极了，头发上缠着蛇群。她站在王宫门口，伸开双臂。国王和王后立即爆发争执，越来越激烈，几乎要杀了彼此。他们害怕，准备出逃。女神这时挡住去路，从头发中拔下两条毒蛇，扔在他们胸前。他们看见女神的可怖的脸，发狂起来。阿塔玛斯在狂怒中杀了王后和两个孩子，并从悬崖跳入海中摔死②。这则神话故事讲了一个残忍对待继子的王后的下场。她虐待那两个孩子，从此和丈夫之间不再有安宁，甚至要死在丈夫手中。暴怒是一宗致命的罪过。暴怒的人必丧失理智。所以，乌塔耶才教导好骑士要提防愤怒。暴怒对骑士而言是一大缺陷。亚里士多德说，避免愤怒，愤怒既伤和气又阻碍理智。

**寓理**

我们不难理解，阿塔玛斯在这里代表暴怒之罪。好骑士要努力消除这种罪。奥古斯丁在书信中说：酸

---

① 疯狂女神，也就是希腊神话中的复仇女神厄里倪厄斯。
② 依照奥维德的记叙，伊诺和小儿子是跳海死的，因而受到海上水手的敬拜。《奥德赛》中，伊诺在奥德修斯遭遇海难时救了他一命（卷五，行333）。

酒若和美酒长久混在一只杯中，就会败坏美酒；同样的，愤怒若长久进入人心，也会败坏人心。保罗在《以弗所书》第四章中说："当心不可含怒到日落。"①

---

① 《以弗所书》，4：26。和合本："不可含怒到日落。"

# 十八

你要一世躲避

嫉妒女神的蒙蔽：

人比绿藤绿，真太痴，

阿格劳洛斯化成石。

**评释**

　　神话故事里讲到，阿格劳洛斯 ① 和赫耳塞是雅典王刻克洛普斯的女儿。言辞之神墨丘利爱上美丽的赫耳塞，娶她为妻。阿格劳洛斯嫉妒自家姐妹凭美貌做了神的妻子，心中气恼万分，以致日渐憔悴，红润的容颜不再，竟如常青藤一般发绿：这一切完全来自她

---

① Aglauros，阿格劳洛斯，雅典王刻克洛普斯（Cecrops）的女儿，赫耳塞（Hersé）的姐妹。本篇的主题是七宗罪之嫉妒。奥维德的《变形记》卷二详细讲到墨丘利如何惩罚阿格劳洛斯的嫉妒（行 708—832）。在奥维德笔下，嫉妒被人身化成一个衰老丑陋的女神，身披乌云，所经之地，花朵夭折，青草枯萎，高大的树木被摧残，整个城邦或家宅因嫉妒的毒气被玷污。

的嫉妒。有一天，阿格劳洛斯坐在门坎上，挡住墨丘利的路。他用好话哄她，始终进不得门。神使后来发怒了，声称她爱坐在那儿多久都行，她的身体将同她的心一样僵硬。阿格劳洛斯就这么变成一座石像。还有一些别的神话故事有相似的情节。墨丘利也许代表某个有权力、有言辞能力的男子，因受到小姨子冒犯而监禁乃至杀死她。所以神话里才说她化身成石像。妒嫉是对礼仪的严重玷污。乌塔耶要求好骑士避免这个恶习。苏格拉底说，身受妒嫉重负的人时时在受苦。

**寓理**

乌塔耶女神严禁骑士触犯嫉妒的罪，正如《圣经》严禁向善的灵魂触犯嫉妒的罪一样。奥古斯丁说，嫉妒是仇恨他人的幸福，嫉妒者在心中培养这嫉妒，他仇恨比自己尊贵的人，因为他嫉妒这人的地位，他仇恨和自己平等的人，因为他不比这人优越，他还仇恨不如自己的人，因为恐怕这人赶上他。《便西拉智训》第十四章："贪婪的眼睛是邪恶的，转而不顾看别人。"①

———————————

① 参看思高本《德训篇》14：8："吝啬人见人就嫉妒，转眼轻视人。"

# 十九

莫迟钝也别多夸讲，

那个奥德修斯你要提防。

巨人本也有远见，

让他诡计偷走了独眼。

**评释**

在神话故事中，特洛亚城陷落后，奥德修斯[1]启程回希腊，中途遇暴风雨，他的船迷路，停靠一座岛。岛上住着巨人，前额长着一只独眼，身量巨大骇人。奥德修斯凭借诡计偷走独眼。这里应该理解为，他挖下巨人的眼睛。换言之，好骑士要避免受懒惰驱

---

[1] Ulysse，奥德修斯，伊塔卡王。《奥德赛》第九卷用了整卷篇幅讲述奥德修斯如何历险又逃离圆眼巨人（Cyclope）的荒岛。奥维德在《变形记》卷十三中只提了一句占卜师的预言，即巨人的独眼有一天会被奥德修斯挖走。这与此处唯一提到的细节一致，再次证明匹桑的参考书目未必有荷马史诗，却一定有奥维德。本篇的主题是七宗罪之懒惰，把巨人中奥德修斯的计谋归咎于懒惰，在现代读者的眼光里似乎没有明显的逻辑。奥德修斯也是第八十三篇和第九十八篇的主角。

使，被动地落入狡猾的人所设下的陷阱，以致被挖下眼睛。眼睛就是一个人的心智，或荣誉，或领土，总之是他最珍贵的东西。懒惰和怯弱往往带来令人不快的后果。至尊赫耳墨斯说，那些带着适当的关切生活的人有福了。


**寓理**

骑士不应迟钝，要避免多费口舌。不妨理解为，向善的灵魂要避免懒惰这宗罪。贝德在评释《箴言》①时说，懒惰的人不配进入天国，因为他不肯为着对神的爱而努力用功，同样的，在战场上不肯努力用功的胆小鬼也不配戴骑士的桂冠。《箴言》第二十一章："殷勤筹划的，足致丰裕，懒惰的，都必缺乏。"②

---

① Bede, *Super Proverbia*。
② 《箴言》，21：5。和合本："殷勤筹划的，足致丰裕；行事急躁的，都必缺乏。"

# 二十

莫与那起青蛙冲突，
莫让它们的沼泽玷污。
它们胆敢对拉托娜发威，
搅浑她的一池清水。

**评释**

　　在神话中，女神拉托娜①是日神福波斯和月神福柏的母亲。朱庇特使她怀孕，朱诺怒中到处驱逐她。有一天，她在逃亡中经过一处浅滩。她停下饮水解渴。天很热，有群乡人在那里游水消暑。他们无情地嘲笑她，搅浑她要喝的清水。她苦苦哀求，他们却毫不同情。于是，她诅咒他们，宣布他们将永远住在那片沼泽里。他们将变难看，甚至惹人讨厌，并且呱呱乱叫不停。女神话音刚落，他们立即变成丑陋的青

---

① Latona，拉托娜，即希腊神话中的勒托。勒托令乡人变蛙，详见奥维德，《变形记》，行313—381。本篇的主题是七宗罪之贪婪。

蛙，不停地怪叫，这在好些河滩都看得见。这个神话的原型很可能是发生在一群乡人和某个很有权势的贵妇人之间的冲突。他们冒犯她，她下令将他们丢进河水中淹溺。所以才说他们变成青蛙。这里应理解为，好骑士绝对不能在卑劣的沼泽里弄脏自己，应竭力避免与高贵身份相违背的各种玷污。卑劣不能容忍高雅，高雅同样亦不能容忍卑劣。一个生而高贵的人要避免去和那些因自身恶习或言谈低俗而卑劣的人发生冲突。柏拉图说过，有些人出身高贵，并能在身份之外增添高贵的德性，这样的人值得赞美；有些人从父母那里继承了高贵的出身，却不曾争取善好的品质，这样的人算不上贵族。

**寓理**

我们不妨理解，那些变成青蛙的乡人代表贪婪之罪，正与向善的灵魂相悖。奥古斯丁说，贪婪的人形同地狱，因为，地狱永不会停歇吞没亡者的灵魂并说一句"够了"。贪婪的人就算积聚全世界的财宝并占为己有也不会满足。《便西拉智训》第十四章："贪婪的人的眼睛永不会满足，行起不义永不会厌烦。"①

---

① 参看思高本《德训篇》14:9："贪得无厌的眼睛看自己所得的一分，总是不够，不义的恶毒麻木了他的心灵"。

# 二十一

莫与巴克科斯交好，

这位神只与你共潦倒，

凡事不分清浊，

把人拖带成猪猡。

**评释**

巴克科斯 ① 是古代最早种植葡萄的人。希腊古人
有感于葡萄酒醉人的效力，声称巴克科斯是一位神，
才有可能让他种植的葡萄具有如此强大的力量。这里
应理解为，巴克科斯代表酒醉。乌塔耶告诉骑士不要
酗酒。事实上，酗酒是一种很不得体的恶习，不仅不
适合贵族，也不适合一切有志于理智行事的人。希波
克拉底说，过度的酒和食物会摧毁人的身体、灵魂和

———————

① Bacchus，酒神巴克科斯，即希腊神话中的狄俄尼索斯。本篇的主题是
七宗罪之贪食，以酗酒作为对应。这里依然是依循俄赫迈罗斯理论，把
巴克科斯神说成最早发明酿酒的人。

美德。

**寓理**

我们可以将巴克科斯神解释为贪食之罪。向善的灵魂应小心避免。格里高利在《道德集》中说，一个人若受贪食的控制，就会丧失他原本行善得来的好处。一个人的肚腹不节制，所有美德会一起消失。保罗在《以弗所书》第三章中说："他们的目标是死亡，只饥渴他人的死亡，他们的神就是自己的肚腹，他们以自己的羞辱为荣耀，专以地上的事为念。"①

---

① 此处引文当出自《腓立比书》，3：19。和合本："他们的结局就是沉沦，他们的神就是自己的肚腹，他们以自己的羞辱为荣耀，专以地上的事为念。"

# 二十二

皮格马利翁造石像，
你若聪明莫去念想。
那样精雕巧饰的样貌，
美丽的代价太高。

**评释**

皮格马利翁 ① 是古时一位极巧妙的雕塑师。神话中说到，他轻视同时代的妇人，认为她们全粗俗不堪。他宣称要雕出无可指摘的女子，果然做出一尊极美的石像。在他完工时，爱神迷惑他的心，使他爱上自己的作品。他受尽爱的折磨：他对她说话，哀求她，声音中充满心碎的叹息……但石头的雕像根本听不见。皮格马利翁去维纳斯的神殿祷告，他的诚心感

---

① Pymalion，皮格马利翁。奥维德《变形记》卷十讲了皮格马利翁爱上自己造的石像的故事（行243—297）。本篇的主题是七宗罪的最后一项，即贪欲。

动女神。为了给他征兆，女神像手持的火把突然燃烧起来。他满心欢喜地回到石像旁边，拥抱她，用身体的温度为她取暖，石像于是活过来，开始说话。皮格马利翁就这样重新找到生活的乐趣。关于这个神话故事，我们可以给出好几种解释，其他神话也是一样。古人编造这些神话故事，是为了让后人磨炼心智，给出不同的阐释。我们不妨理解为，皮格马利翁原本轻视放荡卑劣的妇人，随后爱上某个美貌的少女。这个少女一开始不愿意接受或者没有机会知道他的爱意，做出的反应因而与一尊石像无异。但他越是想到她的美貌，越是爱得不能自拔。他不停表白，经常去看她，最后她接受这份爱情，与他结婚。这样，在维纳斯的恩典下，和石头一样生硬的雕像复活了。这首诗的意思是，好骑士不应为了崇拜一尊女人的石像而忽略履行骑士之道所规定的职责。阿巴塔兰（Abtalin）说，君王迷恋上有争议的东西是不得体的。

**寓理**

好骑士不应迷恋皮格马利翁的石像，正如向善的灵魂要杜绝身体犯贪欲之罪。哲罗姆在一封书信中讲到贪欲，在地狱之火中，入口代表贪食，火焰代表傲慢，火星代表败坏的话语，烟雾代表恶名，灰烬代表贫穷，残渣代表地狱的折磨。《彼得后书》第二章：
"宴饮和美食带来可耻的享乐，这样的快乐是被玷污
又有瑕疵的，是又一宗大罪。"①

---

① 《彼得后书》，2：13。和合本："这些人喜欢白昼宴乐，他们已被玷污，
  又有瑕疵，真与你们一同坐席，就以自己的诡计为快乐。"

## 二十三

心中自有那狄安娜，

你才是美玉无瑕。

不洁的，不贞的，不端的，

诸般人生难讨她心欢。


**评释**

狄安娜①，即月亮。一个人不具备什么有益的品
质，至少要保持月亮所代表的贞洁。狄安娜本是古时
某个贞洁的处女。乌塔耶借以教导骑士要保持身体的
贞洁无瑕。至尊赫耳墨斯说，一个人做不到贞洁，就
不可能具备完美的智慧。在善好的灵魂赖以修行的信
仰信条方面，不妨说狄安娜代表了天国的神。这位天
地的创造主完美无瑕，喜悦洁净，憎恶哪怕一点瑕

---

① Diana，狩猎女神狄安娜，即希腊神话中的阿尔特密斯。她是神话中的
三名处女神之一，是贞洁的象征，另两名是雅典娜和家火女神赫斯提
亚。在第十篇中，匹桑说福柏才是月神。

疵。彼得在《使徒信经》<sup>①</sup> 开篇说："我信神，全能的父，创造天地的主。"

---

① 本篇至每三十四篇的主题为《使徒信经》，每篇的主题依次对应传说出自十二门徒的十二句信条。《使徒信经》是在德尔图良时代开始得到确定的古老经文。德尔图良记录了其中的好些经句，有的地方略有不同。最初这是罗马教会洗礼上用的信仰告白经文。基督教早期并没有信经（credo）之说，而往往使用 regula fidei（信仰规范，信仰准则），doctrina（教理），traditio（古训）等说法。但新约中已有类似的信仰告白经文，《使徒信经》也确乎直接援引了《约翰福音》《路加福音》《马太福音》《彼得前书》《哥林多前书》和《以弗所书》中的经文。

## 二十四

尽力效仿刻瑞斯女神，

她恩赐谷物，从不损害人。

慷慨而不悭吝，

这是好骑士的本分。

**评释**

刻瑞斯[①]是古时一位发明农耕技术的女子。古人一开始不事耕作，仅在地里播种，任凭谷物自生自灭。有了耕田技巧，收成得到极大改善。人们于是称刻瑞斯为"谷物女神"，还把她的名字与大地等同起来。乌塔耶的意思是，正如大地慷慨产出果实供人类享用，好骑士也要慷慨对待所有人，尽力帮助和扶持他人。亚里士多德说，慷慨地给出，必将回收大量朋友。

———————

① Cérès，谷神刻瑞斯，即希腊神话中的德墨忒尔，是慷慨施恩的象征。

**寓理**

好骑士要仿效刻瑞斯，向善的灵魂也要仿效神所降福之子。刻瑞斯即是神子的譬喻。神子那么慷慨地施恩给人类，我们要坚信他。约翰在《使徒信经》中说出第二句信条："我信我主耶稣基督，神独生的子。"

## 二十五

种种馨香的德性要种植

心田，像那伊西斯一弹指，

种子生根，草木结实：

你也栽种有时建造有时。

**评释**

神话里讲到，伊西斯 ① 是司掌植物和农作的女神，庇护作物茁壮成长，硕果累累。乌塔耶借此告诫赫克托耳，要让各种美德生根结果，同时避免各种恶习。至尊赫耳墨斯说，人啊，你若知晓恶习带来的麻烦，必小心避免，你若知晓英勇的效用，必衷心拥护。

———————

① Isis，伊西斯，本是古埃及的丧葬神祇，但伊西斯崇拜随后在希腊罗马世界盛行一时，直至公元三至四世纪因基督宗教兴起而式微。中世纪经院学者没有停止对伊西斯形象的全新阐释，比如伊西斯坐着怀抱幼子荷鲁斯的哺乳形象成了早期教会圣母圣子像（马利亚怀抱耶稣）的原型，本篇将伊西斯与童贞女马利亚受圣灵感孕连在一起，并非没有依据。此外，自奥维德《变形记》（卷九，行666起）起，伊西斯还往往与伊俄混同。

**寓理**

赫克托耳应仿效多产的伊西斯，这里不妨理解为，因着圣灵感孕，怀带诸种恩典的圣母马利亚生下了耶稣基督。有关这一点，我们再怎么赞美她都是不够的。向善的灵魂必须努力与这般圣洁的感孕相连，并牢记信经条文，正如雅各在《使徒信经》中接着说："因着圣灵感孕，由童贞女马利亚所生。"

## 二十六

莫耽迷弥达斯的评判，

没有辨别力，偏要裁断。

我劝你莫学样，

那准是驴耳朵的下场。

**评释**

弥达斯 ① 是不聪明的国王。在神话故事中，日神福波斯与牧神潘起争执。福波斯坚持，竖琴比芦笙动听优美。潘神不同意，说芦笙更好听。他们找弥达斯来做评判，当着他的面，分别做出长时间的演奏。弥达斯宣布芦笙胜出。神话中说，这个不高明的评判令福波斯很是恼火，将弥达斯的耳朵变成毛驴的耳朵。

①  Midas，弥达斯，古代佛律癸亚王。奥维德在《变形记》卷十一中讲了弥达斯的审判及其驴耳的故事（行85—193）。阿波罗与潘的争执，在更早一些的神话版本里是阿波罗与酒神伴从西勒诺斯的争执。西方中世纪和文艺复兴学者重新提及弥达斯，往往与炼金术等神秘学说相连，这和酒神巴克科斯赐予弥达斯点金术的传说有关。

驴耳朵其实暗示弥达斯和驴一样蠢，才会做出这么不聪明的评判。如果有人对君主做出荒诞无礼的评判，那么君主会惩罚他，命令他戴上傻瓜才会戴的标志：这就是驴耳朵的意思。这则神话故事告诉我们，好骑士不应该支持没有建立在理性基础上的荒诞无礼的评判，他自己更不应该做出类似的评判。有哲人说，傻瓜就如鼹鼠，听了却没听懂。第欧根尼把傻瓜比作石头。

**寓理**

好骑士不应赞同弥达斯的评判。在这一点上，弥达斯就如彼拉多，他竟敢审判神子，逮捕他，捆绑他，最后还像对待强盗那般，把纯洁无瑕的他钉上十字架。这里应理解为，向善的灵魂要避免误判无辜，要牢记安得烈在《使徒信经》中接着说："在本丢·彼拉多手下受难，被钉在十字架上，受死，埋葬。"

## 二十七

谁无弟兄，如手如足，

就算入幽暗的冥府，

到死人住处，也要出手相助，

有求必复，如赫拉克勒斯当初。

**评释**

有一则神话故事讲到，佩里奥托斯和忒修斯[①]下到冥府找寻被冥王拐走的珀耳塞福涅。他们差点儿惨遭不幸，若不是同伴赫拉克勒斯前来解救。这位英雄完成了那么多丰功伟业，冥府里的生灵为之惊颤。他甚至砍断冥府看门狗刻耳珀若斯的枷锁。乌塔耶为此告诫道，哪怕出生入死，好骑士也不应错待任何一个同伴。忠实的战友应同心同力。毕达哥拉斯说，小心照顾好朋友的爱。

---

① 赫拉克勒斯下冥府解救忒修斯和佩里奥托斯，前文第三篇中已有讲到。参看相关注释。

**寓理**

赫克托耳得到教诲，即便是下地狱，也要出手援助自己的同伴。我们不妨理解为，耶稣基督的灵帮助古时那些长老和先知的善好灵魂走出模糊的边缘地带。向善的灵魂要仿效这个典范，培养诸种美德，还要相信腓力在《使徒信经》中接着说："降在阴间。"

## 二十八

卡德摩斯可敬爱，

门下多贤才。

从前征服灵蛇之泉，

历经了千万险。

**评释**

卡德摩斯 ① 是古代的英雄贵族，建造了美名远扬的忒拜城。他本是优雅的文人和地道的学者，在城邦中鼓励求知问学。神话中说他征服泉中的蛇，意思是如泉水般喷涌的智慧和知识。蛇象征问学者在获得真知以前必须付出的辛劳和努力。神话中还说卡德摩斯后来也变成蛇，意思是他深谙如何纠正和教育他人。

---

① Cadmos，卡德摩斯，古代忒拜城的建城者。奥维德在《变形记》卷三开篇讲述了卡德摩斯建造忒拜城的故事（行1—137）。本篇中的"卡德摩斯的门下"，似乎不是指从龙牙出生并在互相厮杀中幸存的最后五名武士（他们和卡德摩斯一起完成阿波罗神谕规定的建城任务），而是如评释所示，指在忒拜城中追求真知的问学者。

乌塔耶女神教导说，好骑士要爱戴和尊敬富有学识的神职人员。亚里士多德曾教导亚历山大大帝，尊敬智慧，依靠好的导师来巩固智慧。

**寓理**

卡德摩斯征服泉中灵蛇，必为好骑士所敬爱。耶稣基督同样也征服蛇和泉。我们不妨理解为，卡德摩斯在这里象征蒙耶稣基督祝圣的人性。他在人间遭遇巨大的苦难，但到第三天，他复活了，向世人展现完美无缺的胜利。正如托马在《使徒信经》中接着说："第三天从死人中复活。"

## 二十九

你学伊俄的知识

学出乐趣，世间格致

难得她的错落，

这使你受益良多。

**评释**

伊俄 ① 是贵族少女，伊那科斯王的女儿，拥有广
博的学识。她发明当时尚未有的文字。某些神话故事
中免不了讲到，朱庇特爱上她，她变形成一头母牛，
后来又变回女人，却成了妓女。神话往往把真相掩藏
在虚构的面纱下。从朱庇特爱上她这个故事情节，我

_____

① Io，伊俄，河神伊那科斯（Inachos）的女儿。在迄今留存的古代文本
里，埃斯库罗斯最早在《普罗米修斯》中讲述伊俄的故事，她如何做
了神王宙斯的情人，如何为躲避赫拉的愤怒而变形母牛，如何被迫流
浪天涯。奥维德后来也在《变形记》卷一中讲了相关故事（行568—
750）。阿波罗多罗斯在《藏书》卷二中则将伊俄与埃及神伊西斯混同起
来（7—9），匹桑似乎参考了相关说法，因而本篇中将伊俄视同文字书
写的发明者。

们可以理解为她身上具备朱庇特的某些品质。"她变形成母牛"：牛乳香甜滋补，那是说伊俄发明文字，提供了甜美的精神粮食。作为妓女献身众人，那是说她的智慧和她发明的文字一样造福众人。因此，乌塔耶女神教导道，好骑士应喜爱一切借助文字和书写获得的知识。此外，他还应主动听人讲述或自己阅读那些值得尊敬的人的故事，从中寻找有益的榜样。至尊赫耳墨斯说，努力学习知识和好的习性的人无论在此世还是来生都是有福的。

### 寓理

伊俄代表文字和书写，我们不妨理解为，向善的灵魂要乐于修习《圣经》并牢记在心。只有借助善好的言行和圣洁的沉思，才有可能攀升至天国耶稣基督的身边。他还应相信使徒巴多罗买的见证①："他升天，坐在全能父神的右边"。

---

① 巴多罗买是十二门徒之一，被列为耶稣升天的见证人之一（《使徒行传》，1：4，12，13）。

## 三十

无论身在何方，提防

笛声清扬，送人入梦乡，

墨丘利懂得这魔力，

长笛只怕从此长迷离。

**评释**

在神话故事中①，朱庇特爱上美丽的伊俄，朱诺
起了疑心。她从天上下凡，裹着云雾，想当场抓住丈
夫。但朱庇特看见她，抢先将伊俄变成母牛。朱诺没
有释怀。她求朱庇特将那头小母牛送给自己做礼物。
朱庇特百般为难，只好答应：不敢拒绝她的要求，恐
怕引起怀疑。朱诺把那头小母牛交给怪兽阿尔戈斯看

① 墨丘利，见第十二篇相关注释。墨丘利以笛声迷惑怪兽阿尔戈斯
（Argos），砍下怪兽的一百个脑袋，这个故事与上一篇中的伊俄的故事
相连，奥维德和阿波罗多罗斯均有记载。希腊神话中的赫耳墨斯有一个
常用修饰语为"弑阿尔戈斯的"（argeiphontes）。

管。阿尔戈斯从早到晚看着伊俄。朱庇特于是派墨丘利用长笛吹起美妙的音乐，把阿尔戈斯哄得昏昏欲睡，陆续闭上它的一百只眼睛。墨丘利救走伊俄，并砍下阿尔戈斯的脑袋。乌塔耶女神为此说，好骑士不应该被类似的笛声搞得昏昏欲睡，以致丢掉自己原本该看守的东西。至尊赫耳墨斯说，提防那些行动使诡计的人。

**寓理**

有关墨丘利的长笛，我们不妨理解为，向善的灵魂不应被长久的敌人蒙骗，以致对信经产生怀疑，并且要杜绝任何别的形式的上当受骗。他应坚信《福音书》作者马太所见证的："从那里降临，审判活人，死人"。

## 三十一

请相信皮洛斯肖似

父亲，故家自此苦难辞，

平添了多少因由，

才解阿喀琉斯的恩仇。

**评释**

皮洛斯① 是阿喀琉斯的儿子，力气和勇气均肖似父亲。阿喀琉斯死后，他前往特洛亚为父报仇，给特洛亚人带去许多不幸。乌塔耶女神告诫好骑士，损害其父，就要当心其子长大成人也到作战的年纪。父亲表现英勇，儿子也定然不差。智者说，父仇子报。

---

① Pyrrhus，皮洛斯，又名那奥普托勒穆斯，阿喀琉斯之子。传闻他是躲在特洛亚木马中的战士之一，英勇善战，特洛亚王普里阿摩斯最终死在他手里。《奥德赛》卷四写道，他娶了墨涅拉奥斯和海伦的女儿（行5—6）。

**寓理**

皮洛斯肖似父亲阿喀琉斯，这不妨理解为圣灵来自圣父的某种譬喻。向善的灵魂必须信奉圣灵，如小雅各 ① 所言："我信圣灵。"

_____

① Jacques le Mineur，在这里当指十二门徒之一，亚勒腓的儿子雅各。但也有的认为是耶稣的兄弟，公义者雅各。

## 三十二

常去神庙献礼，尊信

天神，要时时有心，

沾得卡桑德拉的一丝清芬，

世人好认得你是贤人。

**评释**

卡桑德拉 ① 是普里阿摩斯王的女儿，虔信戒律。她侍奉诸神，经常去神庙祝祷，平日除非必要极少说话。当她开口说话时，她的言语总是会应验。没有人敢说她曾说过一句谎言。卡桑德拉是充满智慧的女

---

① Cassandre，卡桑德拉，赫克托耳的姐妹。她是特洛亚公主，阿波罗女祭司。在荷马笔下，她美貌异常，堪比阿佛洛狄特。传说阿波罗神爱上她，但遭到拒绝，日神赐予她预言未来的能力，同时为了惩罚她，令她的预言不为世人所信。参看《伊利亚特》，卷六，行252；阿波罗多罗斯，《藏书》，卷三，12，5；希吉努斯，《神话指南》，91；维吉尔，《埃涅阿斯纪》，卷二，246。在中世纪作者笔下，卡桑德拉的预言似乎没有遭到世人的拒斥，参看达瑞斯，《特洛亚的陷落》，8和11；狄克提斯，《特洛亚战争日志》，卷五，8；《特洛亚传奇》，57和65。

子。乌塔耶女神为此告诫好骑士要效仿她。因为，骑士口出谎言，这是应受惩罚的。好骑士还要侍奉神，崇敬"神庙"，也就是说教会和诸位执事。毕达哥拉斯说，侍奉神，敬重圣徒，这么做是可赞许的。

**寓理**

好骑士要尊敬神庙，向善的灵魂也一样，要信神圣的基督教会和圣徒相通的圣会，如使徒西门所言："我信圣而公之教会，我信圣徒相通。"

## 三十三

出海远行的人

心中要有涅普顿，

欢庆他的节庆，

免却风暴难行。

**评释**

在异教徒的崇拜里，海神名叫涅普顿 ①。乌塔耶女神告诫好骑士，要敬奉涅普顿，祈求海神庇护行船安全。这里应理解为，经常航行或经常处于危险境地的骑士要比别人更加虔信和侍奉神以及诸位圣徒。这样才能在危难中得到庇护和拯救。骑士若是常常处于危险之中，就要特别信靠某位特定的圣徒，经常向这位圣徒祷告，以求出行平安。不过，单单是言辞的祷告并不够。智者说，侍奉神不但要靠言辞的祷告，更要

---

① Neptune，海神涅普顿，即希腊神话中的波塞冬。因为海神的缘故而在海上长久流浪、长久自我寻索自我省思的最好例子莫过于奥德修斯。

靠实际的善行。

**寓理**

骑士若常出海远航就要祈求涅普顿，这个说法可以理解为，向善的灵魂总在此世的海上流浪，必须虔敬地祷告造物神，求神让他活着时罪得赦免，如门徒犹大在信经中所言："我信罪得赦免。"

## 三十四

朝朝与夕夕，且在意
阿特洛珀斯和她的纺锤
刺中你，没有灵魂
得免，只这够你思忖。

**评释**

神话中称呼死神为阿特洛珀斯 ①。乌塔耶女神的言下之意是，好骑士要时时意识到自己不会永远活在此世，随时可能结束生命。比起追求肉身的逸乐，他应更好地实践灵魂的诸种美德。每个好基督徒都必须思考这一点，时时挂虑如何让人生配得起永生的灵魂。毕达哥拉斯说，人生自神那里开始，也要在神那里

① Atropos，阿特洛珀斯，希腊神话中的命运三女神之一。参看第七十四篇"命运女神"。柏拉图在《理想国》卷十中提到"命运的纺锤"："她们是必然的女儿，命运三女神，身着白袍头束发带。她们分别名叫拉刻西斯、克洛托、阿特洛珀斯。"（617c）。参看赫西俄德，《神谱》，行904—906。本篇的主题为《使徒信经》的结束语。

终结。

**寓理**

乌塔耶女神要求好骑士时时记住死神阿特洛珀斯，这个说法同样适用于向善的灵魂：既然相信一切归因于耶稣基督的受难，只要每个灵魂付出自身的艰辛和努力，那就应抱持最终都能上天国的希望。每个灵魂都应坚信不疑，它会在最后的审判时复活并获得永生，只要这是它应得的，如门徒马提亚所见证的信经结语："我信身体复活，我信永生。"

三十五


柏勒罗丰是个榜样，

事关你的行为和心想，

他情愿赴死，

不肯蒙不忠之耻。


**评释**

柏勒罗丰①是名骑士，天生貌美，正直磊落。他的继母爱上他，受拒绝后，用计致使他被判去迎战怪兽。柏勒罗丰情愿赴死也不肯犯下不忠之罪。乌塔耶女神为此告诫好骑士不应因为怕死而做出不忠的罪行。至尊赫耳墨斯说，与其行不法之事，不如受冤而死。从本篇起我们将依次揭示十诫的真义，从中汲取

---

① Bellérophon，柏勒罗丰。荷马在《伊利亚特》卷六赞叹他美貌无瑕，谨慎磊落。王后安提亚爱上他被拒绝，转而跑去对国王说谎："是你自己死，还是杀死柏勒罗丰，他不顾我的意愿，想同我偷情共枕"，国王怒中派柏勒罗丰去送死，这才有英雄征服怪兽等系列故事（行155—190）。

教诲。①

**寓理**

柏勒罗丰表现出高度的忠诚，因而象征天国的神。他的威严和仁慈从前是、将来也是正直磊落的，我们从中领悟到十诫的第一条："你不可拜耶和华以外的神，"正如奥古斯丁所言，"你不可敬拜——一般也说崇拜——某个偶像，某个圣像，某个表象，或任何造物。因为，敬拜的荣耀只能属于神。"本条戒律禁止一切偶像崇拜。福音书上说："当拜主你的神，单要侍奉他。"②

---

① 本篇至第四十四篇依次以十诫为主题，参看《出埃及记》，20：2—17；《申命记》，5：6—21。
② 《马太福音》，4：10。此同和合本。

## 三十六

门农，你那忠心的表亲，

他随时是你的援军，

他极爱你，你要知惜，

危难时为他提起武器。

**评释**

门农 ① 是特洛亚王族后裔，赫克托耳的表亲。每
当赫克托耳在战场上苦战，被敌人重重包围时，英勇
的骑士门农总是在他身旁支援他，助他击溃对手。在
阿喀琉斯杀赫克托耳时，我们立即意识到这一点。门

---

① Memnon，门农。依据荷马和赫西俄德的最早记载，门农是提托诺斯
（Tithonos）与黎明女神厄俄斯之子（《神谱》，行984—985），而提托诺
斯是特洛亚的王族后裔，拉奥墨冬之子，普里阿摩斯之兄（《伊利亚特》
卷二十，行237），所以说门农和赫克托耳是表亲。依据今已佚失的英
雄诗系，也即米利都人阿克提努斯（Arctinos de Milet）的诗作《埃提奥
匹亚》（Aethiopis），门农带领本族人民参加了特洛伊战争，在赫克托耳
死后成为新一轮主将，最后死在阿喀琉斯的长枪下。参看奥维德《变形
记》，卷十三，行576—622；阿波罗多罗斯，《藏书》，卷五，3。

农一度重创阿喀琉斯，若不是阿喀琉斯得到及时援助，门农本有可能杀了他，赫克托耳也就能免此下场。因此，乌塔耶女神告诉好骑士要爱门农，危难时出手援助门农。这里不妨理解为，好君王和好骑士要爱护并照顾自己的善良忠实的亲戚，即便对方地位卑微，生活贫困。有时候，贫困的亲戚可能会比权力大的亲戚更忠实地爱戴和侍奉一位君王。哲人扎比翁①说，多交友，有好处。

**寓理**

忠实的表亲门农同样可以譬喻天国的神。通过道成肉身，神也曾做过我们的"忠实的表亲"。我们永远无法回报这个恩典。我们不妨从中领悟十诫中的第二诫："毋呼耶和华的名以发虚誓。"或如奥古斯丁所言："你发誓不可不诚实，或无根据，或弄虚作假，因为，传唤坚定至上的真理来为造假作证，再没有比这更严重的欺骗行为。"这条戒律禁止一切谎言、假誓或亵渎神灵的话。《出埃及记》第二十章："无故妄称耶和华名并为此自信的，耶和华必不以他为可信。"②

---

① 依据 G.Parussa 的考证，"扎比翁"（Zabion）指芝诺。
② 《出埃及记》，20：7。和合本："妄称耶和华名的，耶和华必不以他为无罪。"

## 三十七

慎于言，休提半句

挑衅；愚言狂语，

口祸没遮拦：

想那拉奥墨冬当年。

**评释**

拉奥墨冬 ① 是特洛亚王，普里阿摩斯的父亲。当

---

① Laomédon，拉奥墨冬，特洛亚王。在古代神话中，拉奥墨冬至少两次言而无信。一次是波塞冬和阿波罗为特洛亚修建一道城墙，并放牧牛群，临了拉奥墨冬却强行克扣应付的报酬，作为惩罚，阿波罗给特洛亚带去瘟疫，波塞冬则派出海怪。另一次是赫拉克勒斯征服海怪救出国王的女儿赫西奥涅（Hesione），拉奥墨冬却没有信守诺言交出约定的马作为答谢，致使赫拉克勒斯带兵攻陷特洛亚城。拉奥墨冬的教训呼应本篇的主题，也就是言辞的审慎。荷马的《伊利亚特》分别做了记载（卷五，行638—646；卷二十一，行442—460）。拉丁作者的记载，参看奥维德，《变形记》，卷十，行194—220；阿波罗多罗斯，《藏书》，卷二，5，9；6，4；卷三，12，3；希吉努斯，《神话指南》，89。中世纪作者的记载，参看塞尔维乌斯，《"埃涅阿斯记"注释》，卷八，157；狄克提斯，《特洛亚战争日志》，卷四，22；达瑞斯，《特洛亚的陷落》，2—4；《特洛亚传奇》，24—35。

初伊阿宋、赫拉克勒斯和同伴们前往科尔基斯求取金羊毛①，途经特洛亚，停作歇息，并没有想危害当地城邦。拉奥墨冬极不审慎，冒犯他们，派出信使催促他们立即离开本地，否则予以重惩。希腊英雄们受了侮辱，这才导致特洛亚城的第一次沦陷。为此，乌塔耶女神告诫好骑士，言辞的威胁既无礼又恶毒，常常导致许多大灾难，开口说出以前务必多掂量。诗人荷马说，懂得约束口舌的人是明智的。

**寓理**

危险的话是狂妄自大的结果，不守戒律是轻率冒失的表现，我们从中明白，要信守主日纪念活动，不得与第二诫背道而驰："当守主日为圣日"。奥古斯丁解释道，基督徒应守礼拜日，如犹太教徒守安息日②。在这一天，基督徒要休息自己的身体，不做卑微的工作，尤其要修炼自己的灵魂，不犯罪过。先知以赛亚明确提出："避免行邪恶的事，学习善行。"③

---

① 拉丁作者瓦勒里乌斯·弗拉库斯（Valerius Flaccus）在《阿尔戈船英雄纪》卷二中描写了相关故事（行457—578）。
② 依照犹太历法，每七天所守的安息日是从星期五日落到星期六日落。
③ 《以赛亚书》，1：16—17。和合本："要止住作恶，学习行善。"

# 三十八

问世间多少自以为是，

不过求知的得失，何太痴。

空想臆说，焉能穷尽，

记住皮拉姆的教训。

**评释**

皮拉姆 ① 是巴比伦城里的青年。在他七岁时，爱
神用箭刺伤他。他爱上提斯柏。这位聪慧美丽的小姐
与他年龄相仿，门当户对。他们经常见面，终于被发
现恋情。有个奴隶向提斯柏的母亲告密。她把女儿关
起来，不准皮拉姆来看她。两个恋人痛苦极了。禁闭
关了很长时间，但他们越是长大，爱就越深。长久的
分离没有熄灭这份爱情。双方家庭的宫殿紧挨在一

---

① Pyrame et Thisbé，皮拉姆和提斯柏。奥维德最早在《变形记》卷四详细
记叙这个故事（行55—166）。后世多有作者改写，最有名的莫过于莎
士比亚的《罗密欧与朱丽叶》。值得注意的，匹桑在本篇的寓理中强调
的不是爱情的浪漫力量，而是父母所代表的理性权威。

起，中间只隔一堵墙，墙面严重开裂。其中有一道裂缝，光线可从一头直通到另一头。提斯柏发现这裂缝，把自己的腰带尽量塞进去，好使情人看见。她成功了。他们常在那里约会，哀声叹息。他们爱得很苦，终于决定私奔，趁夜父母熟睡离家出走。他们约在城外一株白桑树下，不远处有泉水，他们孩时常在那里玩耍。提斯柏先到泉边，独自一人，惊慌不安。她听到一头狮子朝自己靠近，吓得躲进荆棘丛中，却把雪白的纱巾掉在路上。皮拉姆来时，在月光下瞥见白纱巾，上头沾满血迹，还有狮子刚刚吞下又吐出的野兽内脏。皮拉姆以为爱人遭遇不幸，悲恸欲绝，痛哭一场后以剑自刎。提斯柏从荆棘丛中走出来。她听到爱人最后的叹息，看见那把剑，满地血迹，跌坐在他身边。皮拉姆已死去，不能再对她说一句话。提斯柏呻吟哀悼良久，几次昏厥，最后用同一把剑自刎。神话中说，那株树上原本结的是白色的桑子，从此变成乌黑的果实。一件微小的事由酿成如此大的悲剧。乌塔耶女神为此告诫好骑士，不应轻信细小的征兆。智者说，未经调查切勿轻信可疑之事。

**寓理**

　　智者告诫我们切莫轻易自信，这让我们想到，孩提时代，父母亲如何纠正我们的无知。我们从父母身上受益良多，为此要领悟十诫的第四诫："应尊敬父母"。奥古斯丁说，我们应从两个方面尊敬父母，既要给予他们应得的尊敬，又要供给他们的生活必需。《便西拉智训》第七章："尊敬你父亲，莫忘你母亲阵痛时的哀叫。"①

———————

① 参看思高本《德训篇》7：29："你要全心孝敬你的父母，不要忘掉你母亲的痛苦。"

# 三十九

安身健体还得依靠

埃斯库拉比乌斯的忠告，

莫轻信了基尔克女巫，

她的谎言从不含糊。

**评释**

埃斯库拉比乌斯 ① 是有智慧的人。他发现了医药知识，并著述成书。乌塔耶女神告诫好骑士信赖他的健康理论。这里应理解为，在必要的时候，赫克托耳应求助医生及其同仁，而不应轻信女巫基尔克的巫术。同样的说法适用于所有利用巫术、咒语和魔法治病的人。他们以为这样能治愈身体，其实这些方法全

---

① Esculape，埃斯库拉比乌斯，古代医神，在这里代表医学和理性，与基尔克（Circé）所代表的巫术相对应。荷马在《奥德赛》卷十中讲到，基尔克精通各种魔法和巫术，用歌声魅惑奥德修斯的同伴，并在饮食中掺药，把他们变成猪猡（行 220—243）。参看阿波罗多罗斯，《藏书》，卷一，9，1；卷二，8，3。

部是被禁止的，因为违背了教会的戒律，好基督徒应予以杜绝。柏拉图也曾拒斥并焚烧过一些与巫术有关的书，当时有人误以为书中的法术能治病，并加以利用。柏拉图赞成那些以理性和经验为基础的书，他本人也这么做。

## 寓理

埃斯库拉比乌斯是医生，是精通自然科学和医学的学者。这不妨理解为十诫中的第五诫的某种譬喻："不可杀人。"如奥古斯丁所言，就是"心里、口舌和双手"都不可杀人。一切暴力、迫害和身体伤害全被禁止。当然，法官、君王和其他施行公正的人还是有权判处作恶的人死刑。上述禁令适用于那些无权决定他人死亡的人。不过，在某些必要的特殊情况下，一个人出于自卫而杀人，这是得到宽容的，理由是并且只能是正当的自我防卫。路加福音第十三章说："用刀杀人的，必被刀杀。"[①]

---

① 此句经文当出自《启示录》，13：10。译文同和合本。

# 四十

伤过的人不得不防，

他也许报仇无方，

却难免心存宿怨，

阿喀琉斯的死是前鉴。

**评释**

阿喀琉斯 ① 给特洛亚人带去无穷的灾难，尤其普里阿摩斯王的众多子女死在他手里：赫克托耳，特洛伊罗斯 ②，还有别的好些个。所以，特洛亚人理应憎

--------

① Achilles，阿喀琉斯，也是第三十一篇、第七十一篇、第八十五篇和第九十三篇的主角。阿喀琉斯杀涅斯托尔，参看《伊利亚特》卷二十二的详细记叙。阿喀琉斯杀了普里阿摩斯的诸多子女，最终也死在普里阿摩斯之子帕里斯手中，参看奥维德《变形记》，卷十二，行550起；卷十三，行399—575；阿波罗多罗斯《藏书》，卷五，3—5。欧里庇得斯在《赫卡柏》中讲到，阿喀琉斯死后，希腊人杀了波吕克赛涅（Polyxène）作为陪葬。

② Troilus，特洛伊罗斯，特洛亚王子。这个名字与特洛亚城同词源（Tros+Ilos），或指"小特洛亚"，或"特洛亚之毁灭"。在神话中，特洛伊罗斯的命运确乎与特洛亚城相连。依据神谕，他若活过成年，特洛亚就不会灭亡。但他最终还是死在阿喀琉斯手里。古希腊作者记载特洛伊罗斯事迹的作品几乎全部佚失，比如《塞普路亚》开篇或索福克勒斯的悲剧《特洛伊罗斯》。但美少年特洛伊罗斯的形象在后世（尤其中世纪和文艺复兴初期）得到进一步阐发。特洛伊罗斯也是第八十篇和第八十四篇的主角。

恨他。虽然如此，阿喀琉斯却信任普里阿摩斯王的妻子，也就是王后赫卡柏，尽管他杀了她的许多孩子。他夜里去找赫卡柏，商量和她女儿波吕克赛涅的婚事。在王后的安排下，帕里斯和同伴们趁机在阿波罗神庙里暗杀了阿喀琉斯。乌塔耶女神告诫好骑士，倘若他曾经给敌人带去伤害又没能和解或弥补对方，那么就不应轻信敌人。智者说，小心提防敌人复仇的计谋。

**寓理**

赫克托耳不应轻信自己伤害过的对手。这个说法同样适用我们所有人。因为，我们必须畏惧神的复仇，遵守十诫中的第六诫："不可奸淫。"换言之，不可私通行淫。正如伊西多尔所言，一切婚姻之外的奸淫都是违法的，禁止各种通奸。《利未记》第二十章："私通行淫者必死。"①

---

① 《利未记》，20：10。和合本："与邻舍之妻行淫的，奸夫淫妇都必治死。"

## 四十一

莫学布西里斯的样，

比偷儿丧心病狂，

他行出多少滔天罪，

相随到底徒伤悔。

### 评释

布西里斯 [1] 是古时王者，生性残暴，世人惊惧。他以杀人为乐。他在神庙里屠杀人类，祭献诸神。乌塔耶女神告诫好骑士，万万不可以杀人取兴，这样的罪行违背神意、自然和一切善好原则。苏格拉底说，王者若生性残暴，要用好榜样予以克制。

### 寓理

布西里斯是杀人凶手，其性情违背人的自然天

---

[1] Busiris，布西里斯，古埃及王，杀外乡人祭献宙斯，被赫拉克勒斯所杀。参看阿波罗多罗斯《藏书》，卷二，5，11；狄奥多罗，卷四，27。

性。我们从中可以领悟到十诫中的第七诫令："不可
偷盗。"正如奥古斯丁所解释的，禁止一切对他人财
产的非法盘剥、一切亵渎圣物的罪行、一切掠夺、一
切依靠强力和权力对民众的无理征税。使徒保罗在
《以弗所书》中说："从前偷窃的，从此不能再偷。"①

---

① 《以弗所书》，4：28。和合本："从前偷窃的，不要再偷。"

# 四十二

莫贪恋一时乐逸，

枉负了一世高义，

这苦短人生你好珍惜：

勒安德尔不该死在海里。

**评释**

青年勒安德尔①深爱着美丽的赫洛。他俩分别住
在大海两岸。勒安德尔常在夜里游到对岸的城堡会情
人。他们的爱情不为人知。有一回，海上起风暴，连
日里他们不得相见。一天夜里，勒安德尔熬不住，顾
不得坏天气，下了海。他被惊涛海浪卷走，死在海
里。赫洛在对岸焦急等待。当她看见爱人的尸身漂浮
到岸边，心碎不已，投海自尽。死时紧紧抱住爱人的
身体。乌塔耶女神告诫好骑士，不应为了享受逸乐而

① Léandre et Héro，勒安德尔和赫洛，参看奥维德的书信体《恋歌》（十八
篇，十九篇）和维吉尔的《农事诗》（卷三，行258）。

冒险送命。智者说，多么奇怪，人们为了身体的愉悦
而承受如是多危险，却毫不关心灵魂的永生。

**寓理**

女神禁止赫克托耳贪恋身体的逸乐，这可以理解
为十诫中所言："不可作假见证。"正如奥古斯丁所
说，一切虚假指责、恶意中伤、谗言、捏造说法和污
蔑他人都是被禁止的。卡西奥多说，作假见证的人犯
了三方面的罪：因做伪誓而轻视神，因说谎而欺骗法
官，因假证而伤害邻人。《箴言》第十九章："作假见
证的，必不免受罚，吐出谎言的，终不能逃脱。"①

---

① 《箴言》，19：5。译文同和合本。

## 四十三

交还海伦，若是他们要求：

既犯了大错，就补救；

趁早儿苟且和解，

强似迟了无边的悔莩。

**评释**

海伦 ① 本是墨涅拉奥斯王的妻子。帕里斯将她从希腊带走。希腊人为了雪耻，组成一支浩浩荡荡的军队征讨特洛亚。先是特洛亚人对希腊人行恶，随后换

---

① Hélène，海伦，宙斯和勒达的女儿。《伊利亚特》卷三分别从交战两方的立场提及特洛亚战争的原因。墨涅拉奥斯（Ménélas）记恨帕里斯违反客人之道，在作客斯巴达时拐跑了"对他表示友谊的东道主人"的妻子（行 353—354）。特洛亚王普里阿摩斯则对海伦说："在我看来，你没有过错，只应归咎于神，是他们给我引起希腊人来打这场可泣的战争"（行 164—166）。希罗多德的《历史》卷一和埃斯库罗斯的悲剧《阿伽门农》均提及帕里斯拐走海伦的事。拉丁作者方面，参看奥维德《列女传》，卷十六和卷十七；路吉阿诺斯《死人对话》，18。中世纪作者方面，参看狄克提斯《特洛亚战争日志》，卷一，3；达瑞斯《特洛亚的陷落》，9—10；《特洛亚传奇》，61—65。

成希腊人在特洛亚的大地上行恶。希腊人要求归还海伦，否则特洛亚有亡城之灾。特洛亚人不愿从命，由此引来杀身之祸。乌塔耶女神告诫好骑士，他若有什么疯狂念头，要趁早放弃，落个太平，不要固执己见，惹来灾祸。柏拉图说，你若伤害了别人，在与对方和解以前必不得安宁。

**寓理**

必须归还海伦，这可以用十诫中的说法解释"不可与邻舍之妻奸淫"。奥古斯丁解释说，这是禁止一切私通的念头和妄想。这也是第六诫的禁令所在。马太福音第六章："凡带着淫念看一个妇女的，这人心里已犯了肉体上占有她的罪。"①

---

① 此句经文当出自《马太福音》，5：28。和合本："凡看见妇女就动淫念的，这人心里已经与她犯奸淫了。"

# 四十四

别学厄俄斯女神，

欢乐全给别人，

待得黎明她登场，

含露独怅惘。

**评释**

厄俄斯 ① 象征黎明。在神话故事中，她是女神，有一个儿子战死在特洛亚城，名叫库克诺斯 ②。她将儿子的尸身变成天鹅。身为女神，她自然有此法力。传说这就是天鹅的起源。厄俄斯很美，谁看她一眼心里

---

① Aurore，厄俄斯，黎明女神。在神话中常爱恋凡间男子。本篇称她是库克诺斯的母亲，在别处似乎未有相关说法。一般称库克诺斯为海神波塞冬的儿子。

② Cycnos，库克诺斯，在希腊文里是"天鹅"的意思。奥维德在《变形记》卷十二中讲到库克诺斯如何死在阿喀琉斯手里并变成天鹅（行64—145）。不过，《变形记》卷二中另有说法，即库克诺斯为近亲法厄同的死哀号哭泣，以致变成天鹅（行367起）。另参维吉尔《埃涅阿斯记》，卷十，行186。

都会生出喜悦。但她却总在为库克诺斯的早夭哭泣。神话里讲到,厄俄斯迄今没有停止哭泣,黎明时分的露水即是她哀悼爱子的眼泪。乌塔耶女神为此教导好骑士,要避免悲伤,尽情享受欢乐,好骑士的天生美质也会带给他人欢乐。亚里士多德曾告诫亚历山大大帝,不论心中多么悲伤,在世人面前始终要有欢乐的表情。

**寓理**

从厄俄斯的哭泣,我们应引以为戒,不要放任诸种欲求在我们心里哭泣,否则我们就是在不恰当地垂涎某样东西。由此引出十诫的最后一诫:不可贪恋邻人的房屋、牛驴,并他一切所有的。奥古斯丁解释道,一切偷盗和抢夺全被禁止。第七诫也提到了相关事项。大卫在《诗篇》中说:"不要指望从不义中获利,不要企图抢夺。"①

——————

① 《诗篇》,62:10。和合本:"不要仗势欺人,也不要因抢夺而骄傲,若财宝加增,不要放在心上。"

## 四十五

帕西法耶不知耻廉，

你何必以一概全：

不是美人都如此，

世间多少高洁女子。

**评释**

在神话故事里，帕西法耶①是个王后，天性荒淫。她甚至爱上一头公牛，生下人身牛头怪。这里应理解为，她与身份低微的人有染，生下的后代天性残暴且气力惊人。这个后代有人类的外表，骨子里却如公牛般好斗，加上天生神力，凶暴残忍，以致危害整个国度。神话作者把故事改头换面，这个后代化身为半人

---

① Pasiphaé，帕西法耶，克里特王后，米诺斯的妻子。传说她爱上一头公牛，巧匠代达罗斯做了一个母牛模型让她藏在里面，公牛与之交配，生下半人半牛的弥诺陶洛斯（Minotaure）。奥维德在《变形记》卷八讲到这个故事，以及米诺斯造迷宫关米诺陶诺斯的故事（行152—162）。

半牛的怪物。乌塔耶女神教导好骑士，帕西法耶天性无耻，但不能就此误认为所有女性全和她一样。事实也证明这是错的。盖伦[①] 就曾向某个有智慧的女子克里奥帕特拉[②] 修习医学。她教他辨认诸种草药及其特性。

## 寓理

我们不妨把一度不知廉耻的帕西法耶理解为重返天国的灵魂。格里高利在布道中说过，将迷途的灵魂重新带向天国，这比将一生行善的义人引领向神还要让人喜悦。同样的，在战场上，比起碌碌无为的士兵，将领更欣赏临阵脱逃又中途改悔、重返战场英勇杀敌的骑士。同样的，比起不生野草的田地，农夫更喜悦先是长满荆棘随后结满果实的农田。神借先知以赛亚的口说过相似的话。《以赛亚书》第九章："他们在你面前欢喜，好像收割的欢喜，像人分掳物那样的快乐。"[③]

---

① Galien，希腊医学家盖伦（生活于 129—216），有十七卷本的传世作品《人体不同部位的用药总论》(La composition des médicaments selon les lieux)，将希波克拉底的医学理论传递至文艺复兴年代。

② Cléopatre，埃及女法老克里奥帕特拉七世，相传她对医学有研究，并留有一部名为 Kosmètikon 的医典。盖伦著作中援引了好些据说出自克里奥帕特拉的理论。匹桑在这里强调名医向女子学医，暗合本书中骑士向女子修习骑士之道的主旨。

③ 《以赛亚书》，9：3。译文同和合本。

# 四十六

汝家长成的闺女，

愿嫁如龙子婿，

莫使家门生不幸，

阿德瑞斯托斯的提醒。

## 评释

阿德瑞斯托斯 ① 是阿尔戈斯王，实力强大，又善良可敬。有天夜里，两名游侠骑士在他的宫殿前相遇。一个叫波吕涅刻斯 ②，另一个叫提丢斯 ③。当时天

---

① Adraste，阿德瑞斯托斯，阿尔戈斯王。依据阿波罗多罗斯在《藏书》卷一中的记载，他育有三女二男，其中两个女儿分别嫁给本篇中提到的波吕涅克斯和提丢斯（9，13）。在古希腊作者的相关记录中，阿德瑞斯托斯并没有列在攻打忒拜的七将名录里。

② Polynice，波吕涅刻斯，俄狄浦斯之子。他与兄弟厄忒俄克勒斯（Etéocle）的争权斗争是古希腊忒拜英雄诗系的主题，与讲述特洛亚战争的英雄诗系同样有名，可惜多数诗文今已佚失。稍后三大悲剧诗人的作品里都有提及，比如埃斯库罗斯的《七将攻忒拜》，索福克勒斯的《俄狄浦斯在科罗诺斯》和《安提戈涅》，欧里庇得斯的《腓尼基妇女》。

③ Tydée，提丢斯，卡吕冬国王波尔托斯之子，常年漫游在外，后来到阿尔戈斯，娶阿德瑞斯托斯的女儿，生下特洛亚战场上的英雄狄奥墨得斯。《伊利亚特》卷十四，狄奥墨得斯讲起父亲的光辉往事（行114—125）。

寒，雨下了一整夜，他们为找藏身处起了争执，无意间来到阿德瑞斯托斯的住所。国王听见刀剑声，从床上起身，为他们做调解。波吕涅刻斯是忒拜王之子，提丢斯同样是希腊王族后裔。这两人都被放逐在外，不得返乡。阿德瑞斯托斯向他们展示殷勤的待客之道，随后还把两个美好的女儿分别嫁给他们。波吕涅刻斯与兄长厄忒俄克勒斯争夺王权，事败逃亡。阿德瑞斯托斯为他组织援军。他们带着大队人马一同去攻打忒拜城。结果，国王的两个女婿全被捕获并杀害。厄忒俄克勒斯与波吕涅刻斯兄弟二人在战场上自相残杀。攻打忒拜的将领中只有阿德瑞斯托斯和其余两名骑士幸存下来。帮助被放逐的人重新获得权利，这是很难的事。乌塔耶女神为此告诫好骑士，在类似情况下要多征求意见，深思熟虑，瞻前顾后。传说阿德瑞斯托斯某天夜里做过一梦。梦中他把一对女儿分别嫁给陷入交战的一头狮子与一条龙。释梦的人说，梦从心生，预示梦者可能遇逢幸或不幸。

**寓理**

诗中说选女婿要小心，这可以理解为，身为神的骑士，向善的灵魂要小心选择陪伴在旁的人——尤其当他想望诸如多俾亚①那样的良伴。为此，他要把关注力集中在神圣的沉思上。奥古斯丁在书信中说，从神那里学会善良谦卑的人，往往能在沉思中获益良多，比阅读或倾听经文更多。大卫在《诗篇》中说："我沉思你的规诫，这规诫素来是我所喜爱的。"②

---

① Tobie，多俾亚。希伯来旧约圣经里有一卷《多俾亚传》，讲述多俾亚和撒辣的故事。二人遭遇人生的严酷折磨，虽处在苦痛中，却毫不减少信神的心。最终神使瞎眼的老多俾亚复明，也使撒辣顺利完成婚姻大事。书中留下了许多有关家庭与社会生活、婚姻的神圣、父母子女彼此间义务的教义、道德、神修的教训，尤其多俾亚的两次婚宴以及婚姻圣事的相关叙述对后世影响极大，与本篇主题相合。《多俾亚传》列在天主教和东正教的旧约经卷中，但不在新教正典里。
② 《诗篇》，119：47。和合本："我要在你的命令中自乐，这命令素来是我所爱的。"

## 四十七

你这花般的少年，
要与丘比特结缘，
时时守住分寸，
讨得战神的欢心。

**评释**

丘比特 ① 是爱神。年轻骑士爱上高贵女子并非不
适宜，相反，只要守得住分寸，爱情有助于他完善自
己的道德品格。在戎武生涯里也是一样道理。所以，
乌塔耶女神告诉好骑士，她很赞成他去做丘比特的朋
友。古代哲人说，真挚的爱源于高贵的心。

**寓理**

赫克托耳与丘比特交好，这能讨战神欢喜。这个

---

① Cupidon，丘比特，即希腊神话中的爱若斯。爱情与战斗是骑士之道的
两大主题。

说法与忏悔赎罪有关。年轻人是正义路上的新手，若能为以往的重罪悔过，抵抗诸种恶习，必能讨得战神欢喜。战神在这里就是耶稣基督，他投身高贵的战争，就是要做世人的救主。伯纳德说："罪人本该受罚，被罚入地狱，不知拿什么给自己赎罪。这时，神对他说：'带上我的亲子，让他替代你。'神子也说：'带上我，让我替代你。'还有什么比这更充满悲悯！"使徒彼得在《彼得前书》第一章："你们不是凭那能朽坏的金银被赎出来，乃是凭耶稣基督的宝血，那无玷无瑕的羔羊之血。"①

---

① 《彼得前书》，1：18—19。和合本："你们得赎、脱去你们祖宗所流传虚妄的行为，不是凭着能坏的金银等物，乃是凭着基督的宝血，如同无瑕疵、无玷污的羔羊之血。"有学者提出，匹桑在此删却经文中原有的"祖宗所传的虚妄行为"一句，乃是为了呼应本篇的训导语境。

# 四十八

克洛尼斯杀不得，
美人的诸种指摘
不过是大乌鸦诬诋，
你定然追悔莫及。

**评释**

在神话故事里，日神福波斯爱上少女克洛尼斯 [①]。大乌鸦向日神报信，声称看见克洛尼斯和别的少年睡在一起。福波斯深受打击。等他再见到克洛尼斯时，就狠心杀了她。但他随即后悔了。大乌鸦原本等着主人的奖赏，却遭到诅咒和驱逐。从前大乌鸦的羽毛是

---

[①] Coronis，克洛尼斯，在希腊文中即有"乌鸦"的意思。奥维德在《变形记》卷二中讲了克洛尼斯与阿波罗的故事，又名"大乌鸦变黑的故事"。阿波罗怒中射杀爱人，但救下了她腹中的婴儿，也就是第三十九篇的主角，医神埃斯库拉比乌斯。参看品达《皮托竞技凯歌》，3；托名荷马《阿波罗颂诗》，209 等；阿波罗多罗斯《藏书》，3，10，3；泡赛尼阿斯《希腊游记》，2，26，6。

雪白的，福波斯使它变成代表痛苦的乌黑色。福波斯神还使大乌鸦从此变成专报坏消息的凶鸟。我们不妨理解为，某个仆人向他的有权势的主人报告一则坏消息，因此丢了差事，还被赶走。乌塔耶女神告诫好骑士，不要冒险向主人传达那些有可能让对方起杀心的坏消息，因为这么做可能对自己不利。同时也不要轻易相信那些奉承自己的消息。至尊赫耳墨斯说，一个报信人不论传达消息还是捏造消息，要么是对听消息的人说谎，要么是对给消息的人虚伪。

## 寓理

杀不得的克洛尼斯，这里应理解为我们的灵魂的象征。我们不能因为罪过而扼杀灵魂，而要妥善地保护灵魂。奥古斯丁说过，保护灵魂要像保护装满珍宝的箱子，要像保护遭到敌人围攻的城堡，还要像保护独自在卧房休息的国王。国王的卧房总共有五道门，对应五种自然感官。关上这五道门，无异于摆脱五种感官的享乐。假设灵魂不得不走出这五道门，去外头完成不得不经受的考验，那么它在穿过这五道门时要做到审慎和敏锐。就像王公贵族走出自家宫殿时，前面会有武装完备的人为他们开路，灵魂也要有畏惧之心来为它开路。所谓畏惧，就是对下地狱的苦刑和神的审判有充分认识。《箴言》第四章，智者鼓励众人保护各自的灵魂："在一切之上，你要保护你的心，因为你的生命由心而发。"①

---

① 《箴言》，4：23。和合本："你要保守你心，胜过保守一切，因为一生的果效，是由心发出。"

## 四十九

不必太在乎朱诺，

你求的是荣誉及清卓

内里，皮表太易朽：

一时拥有怎及世世风流？

**评释**

在神话中，朱诺①是财富女神。财富和财产的获
取往往需要付出很多行动和努力。过分关注财富会使
人忘却追求荣誉。事实上，荣誉和勇气比财富更重
要，正如内里比皮表更重要。乌塔耶女神为此告诫好
骑士，不应把个人的幸福建立在追求财富的基础上，
以至于放弃荣誉。至尊赫耳墨斯说，情愿做个行善的
穷人，也不当作恶的富人，因为，美德的价值是永恒
的，财富却不长久。

———————

① Junon，朱诺，参看第十七篇相关注释。

**寓理**

赫克托耳不应太在乎朱诺女神，在这里，朱诺象征财富。向善的灵魂应学会看轻财富，如伯纳德所言："亚当之子啊，贪婪的人类啊，你们为何如此热爱世俗的财富，这对你们来说毫无意义，从不会真的属于你们，你们生不带来也死不带去。"福音书中说过，骆驼穿过针眼比富人上天国还要容易。这是因为，骆驼只背负一个驼峰，因为财富而变坏的人却背负两个驼峰，一个是他所拥有的世俗财富，一个是他的罪过。第一个驼峰，他在死时必须放弃。第二个驼峰，假设他没有在死前抛弃，不管他愿意与否，就要一直跟随着他。《马太福音》第十九章："骆驼穿过针的眼，比财主进神的国还容易呢！"①

————————

① 《马太福音》，19：24。同和合本。

## 五十

安菲阿剌俄斯的劝不能不听，
你是去毁城，还是去送命，
忒拜还是阿尔戈斯该当沦亡：
莫使兵将和盾牌枉去他邦。

**评释**

安菲阿剌俄斯①是阿尔戈斯的预言者，极有智慧。
当阿德瑞斯托斯王决定攻打忒拜城时，安菲阿剌俄斯
凭着通灵的本领预见到不幸，奉劝君王不要出征，否
则出征者全部会送命。但没人信他。结果与他预见到
的一样。乌塔耶女神告诫好骑士，在着手进行重大行
动时不要违背智者的劝告。索利努斯②说，智者的建

---

① Amphiaraüs，安菲阿剌俄斯，阿尔戈斯城的先知，名列攻打忒拜的七将
之一。埃斯库罗斯在《七将攻忒拜》中称之为"最谨慎最勇敢的先知，
强有力的安菲阿剌俄斯"（567）。
② Solin，即索利努斯（Gaius Julius Solinus），二世纪拉丁作者。

议若不被采纳，再高明也无用。

**寓理**

骑士出征前不得违背安菲阿剌俄斯的劝告，这可
以理解为，向善的灵魂要遵守圣谕。格里高利的布道
词中说，正如要经常修养身体才能保持健康，也要经
常倾听圣言才能保持灵魂的健全。"你们从肉身的耳
朵听进的圣言，要深藏在心里，因为，耳朵听到的言
语不能长久保存在记忆中，就好比一个人进食却不能
在身体里储存粮食，而会全部排泄出去，以致为自己
的人生感到绝望。同样的，一个人听到神谕却没有记
住也没有付诸实践，那就有可能冒永世不得复活的危
险。"《马太福音》第四章："人活着，不是单靠食物，
乃是靠神口里说出的一切话。"①

---

① 《马太福音》，4：4。同和合本。

# 五十一

言辞但学萨图努斯，
开口前三思，无所失。
喋喋几时休，
陋疾难治终成痴。

**评释**

我已经说过，萨图努斯①即缓慢、克制、明智的
土星。乌塔耶女神告诫骑士，开口讲话要和萨图努斯
一样，言谈谨慎，不喋喋不休，有所节制，以免让人
从话中看出痴人荒唐。智者说，从言辞认出智者，从
目光认出疯子。

**寓理**

言辞要学萨图努斯，言辞要缓慢审慎。在这一点

---

① Saturne，萨图努斯，参看第八篇相关注释。

上，圣维克托的休格 ① 说，一个人口无遮拦，好比一座城邦没有城墙，一匹马没有马衔，一艘船没有船舵；一个人言谈不慎，油滑如鳗鱼，泄密似利箭，必会丢失朋友，徒增敌人。言说不慎会导致吵闹和冲突，在顷刻间攻击人，乃至同时致多人于死命。一个人小心自己的言谈，也会关注自己的灵魂。人之生死，归根到底取决于言辞的力量。大卫在《诗篇》中说："谁若热爱生活又向往幸福，就要防止口吐恶言，说出苦楚的话。" ②

---

① Hugues de Saint-Victor，圣维克托的休格（1096—1141），中世纪神学家。
② 《诗篇》，34：12—13。和合本："有何人喜好存活，爱慕长寿，得享美福，就要禁止舌头不出恶言，嘴唇不说出诡诈的话。"

# 五十二

听小嘴乌鸦的话，
莫要去传达
那条伤人心的消息。
不做的话更明智。

**评释**

有一则神话故事讲到，克洛尼斯背叛福波斯事发①以后，大乌鸦在去向日神告密的路上遇见了小嘴乌鸦。小嘴乌鸦问明大乌鸦的去向，建议它不要那么做，并讲述自己的经历做教训。原来，小嘴乌鸦在帕拉斯女神的神殿里享有尊贵的地位，却在某次类似的情境下遭到驱逐。大乌鸦不肯听劝，终于落得不幸的

---

① 奥维德在《变形记》卷二讲大乌鸦变黑的故事时，嵌入一个小嘴乌鸦的故事（行542—563）。小嘴乌鸦本是佛基斯公主，因逃避海神波塞冬的追求，被雅典娜变成鸟。后来它向雅典娜多嘴告密，受到处罚。参看第四十八篇相关注释。

下场。乌塔耶女神告诫好骑士要听从小嘴乌鸦的劝告。柏拉图说，莫当讲坏话的人，莫过分热心向王者传信。

**寓理**

小嘴乌鸦的话要听从，这表明向善的灵魂要能接受明智的劝告，如格里高利所言，未经思考的力量是无价值的。若无忠告的支持，力量会过早消亡，灵魂会在其中迷失，忠告的内在力量会因过多的外在欲望而分散。《箴言》说："如果智慧进入你的心，思考就必保护你，审慎也必防守你。"①

———————

① 《箴言》，2：10—11。和合本："智慧必入你心，你的灵魂要以智慧为美。谋略必护卫你，聪明必保守你。"

## 五十三

迎面的对手比你强

太多，在较力的竞技场，

不如退避，免不测，

伽倪墨得斯何必夭折。

**评释**

　　伽倪墨得斯 ① 是特洛亚王族后裔。在神话故事中，

有一天，他和福波斯比赛掷铁饼。伽倪墨得斯的力气

自然与日神悬殊太大。福波斯将铁饼高高掷往天空，

掷得太远，肉眼看不见，回弹时砸死了伽倪墨得斯。

---

① Ganymède，伽倪墨得斯，特洛亚王子。荷马诗中称许他的美貌，因
　为太美，被神明带走，专为宙斯司酒（《伊利亚特》卷二十，行232—
　235；卷五，行266）。古代作者常提到宙斯化身大鹰带走他，但似乎未
　提他与阿波罗竞赛。奥维德在《变形记》卷十中托名诗人俄耳甫斯讲了
　一系列故事，其中先讲宙斯化身大鹰抢走伽倪墨得斯，再讲日神爱上少
　年许铿托斯（Hyacinthus），与之比赛掷铁饼，误杀了对方（行143—
　219）。两则故事比邻，此处或为匹桑混淆，将许阿铿托斯误作伽倪墨
　得斯。

乌塔耶女神告诫说，不要贸然迎战比自己强大有力的对手，结果必然只有失望。智者说，在不当的竞技中挑衅他人，这是傲慢的表现，通常以痛苦告终。

**寓理**

不应挑战比自己强的对手，这里应理解为，向善的灵魂不应不假思索地展开过于严酷的苦行赎罪。格里高利在《道德集》中说，不加克制的苦行毫无好处，同样的，毫不考虑身体的承受能力而严苛地执行禁欲也毫无好处。不妨说，苦行必须在比自己更明智的人的忠告下进行。智者在《箴言》第二章中说："谋士众多，必得拯救；凡是先听取忠言，你不会后悔。"①

---

① 前一句援引自《箴言》，11：14；和合本："谋士多，人便安居。"后一句本是其他手稿中的拉丁语箴言。

## 五十四

莫似那负心的伊阿宋，
亏欠美狄亚，居功
取走金羊毛，多少恩宠
一场空，回报是不忠。

**评释**

伊阿宋 ① 是一名希腊骑士。他的伯父佩里阿斯嫉
妒他，想治他于死地，迫使他远赴异乡去冒险。具体
说来，就是去科尔基德岛。当地传说有生金毛的羊。
由于宝物受巫术保护，无数试图取走的人纷纷为之丧
生。本地王者的女儿美狄亚疯狂爱上伊阿宋。她精通
巫术（事实上，她就是最强大的女巫），先是引诱伊

---

① Jason，伊阿宋。古希腊英雄伊阿宋及其同伴乘"阿尔戈"快船求取金
羊毛的事迹，一般又称为"阿尔戈英雄纪"（argonautique）。公元前三世
纪的希腊作者罗德岛的阿波罗尼奥斯写过同名史诗。参看品达的第四首
《皮托克竞技赛歌》。中世纪诗体小说《特洛亚传奇》也有所记载。

阿宋，再教他各种法术。伊阿宋凭此夺得金羊毛，成
为当时最享有盛名的骑士。美狄亚救了他的命，他也
承诺永远爱她，对她忠实。但他很快背叛她。他爱上
另一个女子，开始疏远她，是的，他最终狠心抛弃了
她。尽管她是多么的美呵！① 为此，乌塔耶女神告诫
好骑士不要学伊阿宋，忘恩负义地背叛曾经给自己带
来许多好运的人。一名骑士或一个高贵的人若是从某
位贵妇人、某位小姐或任何别的什么人那里得到一点
好处，就要牢记在心，常常口中言谢，而不应无情无
义、不知感激。至尊赫耳墨斯说，别想着找零钱给施
你恩惠的人，要永远记恩于心头。

**寓理**

　　向善的灵魂不应学伊阿宋忘恩负义，不知感激
善待过自己的人。伯纳德在宣道时评注《雅歌》② 说，
忘恩负义是灵魂的大敌，使美德衰落，使功劳消散，
使善行失败。忘恩负义犹如一股恶风，吹干怜悯的
泉水、恩典的露水和慈悲的流水。《所罗门智训》第

---

① Médée，美狄亚。第五十八篇的主角。自欧里庇得斯的悲剧《美狄亚》
　　以来，历代作者纷纷写过这位爱恨鲜明的女性。奥维德用《变形记》卷
　　七的整卷篇幅讲述伊阿宋和美狄亚的故事。匹桑在字里行间显出对美狄
　　亚的同情。

② Saint Bernard, *Sermons super cantica.*

十六章："忘恩负义的人必如冬日的冰霜消融，必如无用的水白流。"①

---

## 五十五

戈尔戈蛇女的脸，

莫去看她一眼。

珀尔修斯何尝忘，

地老天荒说过往。

**评释**

在神话故事中，戈尔戈 ① 本是极美貌的女子。在日月神庙里，日神福波斯与她同床共寝。这激怒了月神狄安娜 ②，她将戈尔戈变成面貌丑陋的蛇。不但如此，任何男子看她一眼就会在瞬间石化。因为这

---

① Gorgone，戈尔戈神女。依据赫西俄德在《神谱》中的最早记载，戈尔戈共三姐妹，最小的妹妹叫墨杜萨（行 280—283）。奥维德在《变形记》卷四中讲到，墨杜萨原本是个很美的姑娘，并且全身最美的就是头发，她与海神波塞冬有染，雅典娜惩罚她（匹桑在这里说成与日神福波斯有染，被月神狄安娜惩罚），使她的头发变成一堆丑陋的蛇，并且任何人看见她的脸都会瞬间石化（行 750—803）。
② 在神话传统中，一般发生在女战神庙，而不是狄安娜神庙。

一点，她成了人间的祸害。英勇的骑士珀尔修斯[①]出发去征服这个女蛇怪。为了避免直视不祥的蛇女，他只看黄金盾牌上的影子，用这个办法砍下戈尔戈的头。乌塔耶女神告诫好骑士，小心不要盯着一件不祥的东西看，以免惹来不幸。亚里士多德说，逃避道德败坏的人。追随智者，修习他们的著作，仿效他们的言行。

**寓理**

不要直视戈尔戈，这意味着，向善的灵魂不应关注或念想诸种形式的逸乐，而应在完美的黄金盾牌里自我审视。有关杜绝诸种有罪的逸乐，金嘴迪翁也说，正如火不可能在水中燃烧，心灵的忏悔也不可能与尘世的逸乐并存：这是相互矛盾、彼此消亡的两件事。忏悔是眼泪的母亲，逸乐生下欢笑的孩子；忏悔使心灵压抑，逸乐使心灵膨胀。大卫在《诗篇》中说："那在忏悔中播撒眼泪的人，必在欢喜中收获。"[②]

---

[①] 英雄珀尔修斯是第五篇的主角，参看相关注释。
[②] 《诗篇》，126：5。和合本："流泪播种的，必欢呼收割。"

## 五十六

爱神爱把长夜变短，

莫叫福波斯天光时窥探，

当场败了事，太仓惶，

陷落伏尔甘的罗网。

**评释**

神话故事里讲到，马尔斯和维纳斯<sup>①</sup>彼此相爱。有天夜里，这对情人相拥熟睡。日神福波斯眼观八方<sup>②</sup>，无意中发现并一眼认出他们。他去向维纳斯的丈夫伏尔甘告密。伏尔甘亲见这情景，锻造了一张扯不断的罗网（他本是匠神，在天庭铸造雷电）。他把那

---

① Vulcain，伏尔甘，即希腊神话中的赫淮斯托斯。《奥德赛》卷八最早长篇讲述阿瑞斯和阿佛洛狄特（即下文中的马尔斯和维纳斯）偷情的故事（行266—366）。奥维德在《变形记》卷四亦有相关记载（行167—189）。

② 白日的第一缕光线照亮万物，这是日神最早窥见世间诸种隐情的缘故。荷马诗中说是赫利俄斯，这里从奥维德的版本说是福波斯。

对情人困在罗网里，紧紧缚住，丝毫不能动弹。伏尔甘就这样当场捉奸，并在诸神面前揭露他们。不过神话里也说，诸神开玩笑，情愿被困入罗网，也要和维纳斯睡在一起。乌塔耶女神告诫好骑士，不管在何种场合，他很可能会忘了时间飞逝，要小心避免被当场抓住。智者说，没有什么秘密是不会被人发现的。

### 寓理

女神教导赫克托耳："爱神若把你的长夜变短"，这表明向善的灵魂要小心提防敌人的陷阱。教宗良一世① 说，魔鬼化身作光明天使，到处不停地试探、引诱和窥视，试图败坏信徒的信仰；他会观察谁在心里燃起贪婪之火，兴起奢淫欲求，又该对谁利用美食发出引诱的试探；他考察诸种风俗，试探人心，揣测情感；他还想方设法去摧毁那些对信仰最坚定最虔诚的人。《彼得后书》② 末章："你们要节制，要醒寤，因为，你们的仇敌魔鬼，如同咆哮的狮子巡游，寻找可吞食的人。"

---

① Léon 1er le grand，教宗良一世（390—461），440—461 年间担任罗马教宗。

② 此段经文当出自《彼得前书》，5：8。正文中的译文同思高本。和合本："务要谨守、警醒，因为你们的仇敌魔鬼，如同吼叫的狮子，遍地游行，寻找可吞吃的人。"

## 五十七

托米丽司莫造次，

为她生为女子，

居鲁士当日轻狂，

枉自兵败命亡。

**评释**

托米丽司 ① 是阿玛宗女战士部落的头目，以英勇和果敢著称的女王，有超凡的作战和统领能力。波斯王居鲁士大帝在征服众多部族以后，带着一支大军来攻打女战士的领土，似乎没把对方看在眼里。托米丽司精通排兵布阵。她先是按兵不动，放任居鲁士的军队进入本国，再在对方陷入山区的窄道绝路时布下埋

---

① Thamyris，托米丽司，更常写作 Tomyris。本是居住在里海东岸的玛撒该塔伊人的统治者，在丈夫去世后即位，后被认作阿玛宗女战士部落的最后一位头目。希罗多德在《历史》中详细描述了居鲁士死在托米丽司女王手下的经过（卷一，204—216）。

伏，从四面八方予以猛攻。居鲁士全军覆没，他本人被带到托米丽司面前，被砍下头颅，浸泡在盛满波斯将领鲜血的革囊里。托米丽司说："居鲁士，你从前杀过那么多人却从不满足，现在就让你把人血喝到饱吧！"乌塔耶女神为此告诫好骑士切忌傲慢自大，以免不慎在意外情况下有出身低微的人给自己带来不幸。柏拉图说，莫轻视一个人力量小，他有可能因为美德而强大。

**寓理**

不应因为托米丽司是女人而看轻她，这表明向善的灵魂不应憎恶宗教身份或其他层面的卑微状态。圣徒约翰·卡西安努斯[①] 也说要赞颂卑微，人心若没有品尝过真正的卑微的诸种基础，美德的大厦就不可能在灵魂中建起并长久耸立。这些坚实的基础支撑着完美和慈善的高度。《便西拉智训》第三章："你越高大，越要低身，好在神前得恩典。"[②]

---

① Jean Cassien，约翰·卡西安努斯，五世纪基督教僧侣。
② 参看思高本《德训篇》，3：20："你越伟大，在一切事上越当谦下，这样你才能在主面前获得恩宠。"

## 五十八

不可泯灭心智，

为那些执念情痴，

一切随风散去，

美狄亚徒余空虚。

**评释**

美狄亚 [①] 本是极有才智的女子，精通巫术，传说还掌握某种闻所未闻的黑暗魔法。可惜为了满足肉欲享乐，她甘愿让心智泯灭。她被强烈的情欲俘虏，痴迷于伊阿宋，不但把身体，连名誉和财产也一并交给他。伊阿宋却没有回报这份爱。乌塔耶女神告诫好骑士，当他想运用自身的力量去做一件事时，绝对不能放任欲念去操纵理智。柏拉图说，一个人有轻浮的心，很快就会厌倦他所爱的。

---

① Médée，美狄亚和伊阿宋的故事，参见第五十四篇。

**寓理**

不要为荒唐的享乐而丧失心智,我们不妨理解为,向善的灵魂不应随心所欲。没有随心所欲,也就不会有地狱,地狱之火只对随心所欲的人有效。人因随心所欲而与神作对,洋洋自得,脱掉天国的外衣给地狱穿,否认基督宝血的价值,迫使世界顺服魔鬼的奴役。《箴言》第二十九章:"杖责和矫正给人智慧;随心所欲的孩子使母亲受辱。"①

---

① 《箴言》, 29:15。和合本:"杖打和责备能加赠智慧,放纵的儿子使母亲羞愧。"

# 五十九

做了爱神的仆臣，

当心独眼巨人

发怒掷出的巨石：

加拉忒亚痛失阿喀斯。

**评释**

加拉忒亚 ① 是仙女，也许是女神。她爱上少年阿
喀斯。有个丑陋的巨人爱上加拉忒亚，而她自然不肯
回报这份爱。巨人疯狂地嫉妒阿喀斯和加拉忒亚。有
一次，他看见他们两人双双在岩洞中，怒火中烧，发
力让岩石崩裂，把阿喀斯砸得粉身碎骨。加拉忒亚是
水仙子，及时跳进海里，免却一死。这里应理解为，
在类似场合，好骑士应避免被人撞见，免得对方像巨

---

① Galatée et Acis，加拉忒亚和阿喀斯。参看第一篇相关注释。奥维德在
《变形记》卷十三讲了独眼巨人嫉妒这对情人并杀死阿喀斯的故事（行
730—899）。

人那般使粗行暴。

## 寓理

信奉爱神的人要回避巨人，这里头的意思是，向善的灵魂要避免过分关注尘世和世间万物，而要反过来提醒自己，世间万物短暂即逝。哲罗姆在评释《耶利米书》① 时说，在注定有死的万物中，没有什么应被看成是长久的，正如相对于无穷尽的永恒，人类的时间也短暂即逝。《所罗门智训》第五章："万物如幻影即逝，如分秒飞驰。"②

---

① Saint Jérôme，*Super Hieremiam.*
② 参看思高本《智慧篇》，5：9："这一切都过去了，像阴影，像疾逝的流言。"

# 六十

不和女神不可攀，

何故相连相羁绊，

搅浑佩琉斯的婚仪，

众生从此相为敌。

**评释**

不和女神 ① 专门惹祸。神话故事中说，佩琉斯 ②
迎娶忒提斯女神（即阿喀琉斯的父母）当天，朱庇特
和诸神都来赴宴欢庆。只有不和女神未得邀请。她嫉

① Discorde，不和女神，即希腊神话中的埃利斯（Eris）。在荷马诗中，不
和是战神的姐妹，热衷于挑起战争和纠纷，引起人类的哀叹（《伊利亚
特》卷四，行440等）。赫西俄德在《劳作与时日》中区分了好的不和
神和坏的不和神（行13）。有关"不和女神的苹果"的最早记载，参仅
存残篇的史诗《塞浦路亚》。

② Pélée，佩琉斯。佛提亚国王，埃阿科斯之子，忒提斯的丈夫，阿喀琉斯
的父亲。他曾参与伊阿宋、赫拉克勒斯等英雄求取金羊毛的远征。正是
在他和女海神忒提斯的婚礼上，未受邀请的不和女神扔下"献给最美的
女神"的金苹果，成为特洛伊战争的祸源。参看阿波罗多罗斯《藏书》，
卷三，13，5；狄克提斯《特洛亚战争日志》，卷六，7。

妒之下不请自来，并且没有白来，当场施展职分。那天有三位女神坐在一处：帕拉斯、朱诺和维纳斯。不和女神走到她们面前，往桌上丢下一个苹果，上头写着"送给最美的女神"。这个举动登时搅乱了婚宴。三位女神纷纷坚持应得这个苹果，僵持不下，去找朱庇特理论。神王不愿哄开心这一个而得罪另一个。他指派特洛亚人帕里斯做审判。帕里斯当时是牧羊人。原来他母亲怀他时做了一个梦，梦中说这个孩儿将来要致使特洛亚亡城[1]。他一出生就被送进森林，做了牧羊人家的儿子。墨丘利带着三位女神去找他，告诉他真实的出身。帕里斯就不再牧羊，回到父母的王宫。神话是这么传说的，事实真相则隐藏在虚构故事的面纱下。很多时候，不和或冲突会招惹大祸，与人不和睦是陋习。所以，乌塔耶女神告诫好骑士要避开不和。哲人毕达哥拉斯说，莫走到与仇恨相遇的路上。

**寓理**

骑士要避免不和，同样的，向善的灵魂也要避免在意念里滋长的诸种障碍。有关避免纠纷和争端，卡

---

[1] Jugement de Pâris，帕里斯的审判。三位女神分别向帕里斯作出承诺。帕里斯最终被维纳斯的承诺所打动：如果选她为最美的女神，他将得到美妙的爱情。由此才有海伦的事发。参看第七十三篇。

西奥多在评释《诗篇》时说：在任何情况下避免纠纷和争端，因为，与和平争论，是疯狂的行为；与主人争论，是荒唐的行为；与仆臣争论，是严重卑鄙的行为。保罗在《罗马书》第十三章中说："不可争竞嫉妒。"①

---

① 《罗马书》，13：13。同和合本。

# 六十一

前尘往事不敢忘，
谁家的伤和亡，
恩怨平，终有时，
拉奥墨冬只得受死。

**评释**

我已经说过，拉奥墨冬 ① 是特洛亚的王。他从前
把希腊人驱逐出城，铸下大错。希腊人不曾忘怀，等
他们回来攻打特洛亚时，拉奥墨冬却忘了此事。他们
出其不意，袭击他，最后杀了他。为此，乌塔耶女神
告诫好骑士，小心提防那些他曾伤害过的人。他们肯
定不会忘怀，时机恰当就会来复仇。至尊赫耳墨斯
说，当心你的敌人出其不意还击你。

---

① Laomédon，拉奥墨冬。特洛亚第一次亡城故事，又见第三十七篇及相
关注释，第六十六篇。本篇的主题同见第四十篇"阿喀琉斯前车之鉴"。

**寓理**

赫克托耳不应忘记他曾伤害别人，这不妨理解为，向善的灵魂可能抵挡不住诱惑犯下罪过，这时应记住相随而来的惩罚，就如不忏悔要入地狱。格里高利说，神义的施行在眼前温柔轻缓，时候到了奖惩愈发严厉。在等待神的临在期间，神的慈悲会有长期的显现。先知在《约珥书》第三章中说："你们应归向神，因为他宽仁慈悲，有耐心，有慈爱，常宽免罪恶。"①

---

① 此处经文出自《约珥书》2：13。和合本："耶和华你们的神，他有恩典，有怜悯，不轻易发怒，有丰盛的慈爱，并且后悔不降所说的灾。"

# 六十二

为爱迷痴，

也得慎言辞，

别让人插足你的故事，

塞墨勒太迟才知。

**评释**

在神话故事中，朱庇特爱上凡间女子塞墨勒①。妒火中烧的朱诺乔装成老妇人去找塞墨勒。女神巧言令色，让她和盘托出自己的情事。她不住夸耀情人何等深爱她。女神却回答她肯定还不了解朱庇特对她的爱。等他们幽会时，她要求他答应一件事，等他满口应承时，她要说，当他们交欢时，他要像拥抱妻子朱诺那样拥抱她。用这个办法，她就能明白他的爱。塞墨勒丝毫没有察觉朱诺不怀好意。她没有忘记女神的

① Sémélè，塞墨涅，卡德摩斯的女儿，酒神巴克库斯的母亲。奥维德在《变形记》卷三中讲到朱诺如何陷害塞墨涅的故事（行253—315）。

建议。等她向朱庇特提出这个要求时，神王不能收回事先的承诺。他非常难过，知道爱人遭了蒙骗。他化作一团火焰，拥抱她，她在火中迅速化成灰烬。这一切令朱庇特伤心不已。乌塔耶女神告诫好骑士，当他提起私密的事时，要当心自己在对谁说话，又说了什么话。这个忠告在一些场合非常有效。至尊赫耳墨斯说，莫暴露你思想的秘密，除非你面前是值得信任的人。

### 寓理

当心说话对象，这个忠告可以理解为，向善的灵魂不论有什么想法，即便是好的想法，也要考虑说话场合，免得惹来负面的猜疑。奥古斯丁在《论基督徒》①中说，我们不但要有善好的良知，还要以人性的软弱所能做到的最大专注，小心自己的言行，以免在同样软弱的弟兄身上引起不好的猜疑。保罗在《提多书》第二章中说："你自己凡事要显出善行的榜样。"②

---

① Saint Augustin, *De ovibus*。
② 《提多书》，2：7。同和合本。

# 六十三

狄安娜的欢趣
莫过分耽迷，此去
只为骑士的英名，
哪顾及打猎的逸兴？

**评释**

狄安娜 ① 是森林和狩猎女神。乌塔耶女神告诫好
骑士，既要在戎武生涯中追求崇高的荣誉，就不应过
分耽迷打猎嬉戏。毕竟，狩猎是游手好闲者的游戏。
亚里士多德说，游手好闲带来诸多烦恼。

**寓理**

不要过分沉溺于狄安娜的趣味（这里指游手好

---

① 狄安娜也是第二十三篇的主角，是贞洁的象征。在本篇中，狩猎女神象
征游戏的逸乐。

闲），这个忠告同样适用于向善的灵魂。哲罗姆 ① 也说过要避免游手好闲：不停做好事，让魔鬼看到你的心总是为善行所占据。所罗门在《箴言》第三十一章中说："好女人照看家务，从不吃闲饭。" ②

---

① 【法文本注】手抄件误作格里高利。
② 《箴言》，31：27。和合本："她观察家务，并不吃闲饭。"

## 六十四

莫自夸。巧姑造次，

阿拉克涅有祸至。

她自诩赛过神仙，

帕拉斯却法力无边。

**评释**

有一则神话故事讲到，阿拉克涅[①]心灵手巧，精通纺织。但她过高估计自己的能力。她自诩赛过帕拉斯。女神心中不快，作为报复，把她变作蜘蛛。帕拉斯说，既然阿拉克涅自诩这么会纺织，从此蜘蛛就要永远织啊织，并且织出的只是毫无用途的网。有些女子夸口胜过自己的老师，并因此遭遇不幸。为此，乌塔耶女神告诫好骑士不能自夸。对骑士来说，自命不凡是很坏的习性，有可能损害他凭良善取得的荣誉。

———————

① Arachné，阿拉克涅，在希腊文中的字面意思即是"蜘蛛"。奥维德在《变形记》卷六中讲了密涅瓦女神惩罚织女阿拉克涅的故事（行1—145）。

柏拉图说，做一件事比别人做得好时不要自夸，以免
损及原有的长处。

**寓理**

不要自夸的忠告也同样适用向善的灵魂。奥古斯
丁反对吹嘘，在《上帝之城》第十二卷中说，吹嘘不
是自我夸耀的人的固有缺点，而是败坏的灵魂的缺
点，他喜欢他人的赞美，并因而看轻自己的良知的真
实见证。《所罗门智训》第五章："傲慢有何用？财富
和自夸有何用？"①

---

① 参看思高本《智慧篇》5：8："傲慢为我们有什么用处？财富与虚荣为
我们又有什么利益？"

# 六十五

你若醉心打猎

不能自拔与停歇，

心中要有阿多尼斯，

他当年被野猪咬死。

**评释**

阿多尼斯 ① 是贵族青年，天生貌美，连维纳斯女
神也爱上他。他迷恋打猎。女神担心他遭遇不测，多
次求他不要追捕猛兽。阿多尼斯根本不听。他最后被
一头野猪咬死。乌塔耶女神告诫好骑士，他若真的渴
望打猎，就要避免类似风险大的追捕，以免遭意外。
先知赛特 ② 说，君王不应放任王子过分醉心打猎，而

---

① Adonis，阿多尼斯，密耳拉之子。奥维德在《变形记》卷十讲述阿多尼
斯之死（行 519—741）。

② 【法文本注】Seth，赛特。此处引文出自《哲人道德箴言》(*Dits de
philosophes*)。在手抄件中，赛特被说成是先知，究竟指亚当的第三个
儿子，还是埃及神？重点在于这是乌塔耶女神的训导凭据。

应让他接受教育，学习良好习性，避免轻浮举止。

## 寓理

记住阿多尼斯，这个忠告也可以理解为，向善的灵魂如果被引入歧途，那么它至少要记住，从此以往还会有持续不断的大难。魔鬼对罪人有极大的力量权柄。《彼得后书》说："罪人是败坏的奴仆，为魔鬼所掌控，因为在战场上，人被谁制服，就是谁的奴仆。"① 约翰在《启示录》中说："把权柄赐给那兽，制服各族各民"，也就是说，"制服罪人的权柄。"②

---

① 《彼得后书》，2：19。和合本："他们应许人得以自由，自己却作败坏的奴仆，因为人被谁制服，就是谁的奴仆。"
② 《启示录》，13：7。和合本："把权柄赐给它，制服各族各民、各方各国。"

# 六十六

有敌来攻打你的城，

切莫倾尽五兵

一意会迎，反留下空城，

可惜了特洛亚好风景。

**评释**

当初，赫拉克勒斯和一群希腊英雄出征特洛亚城，拉奥墨冬王听到消息，带着人马出城，在海岸铺开一支令人生畏的军队，准备迎敌。特拉蒙之子埃阿斯①带着一群士兵躲在城墙附近，趁机偷偷攻城。特

---

① Ajax fils de Télamon，特拉蒙之子埃阿斯。此处说法有误。古代作者至少记载了两次希腊人与特洛亚人的战争，第一次在拉奥墨冬做特洛亚王时期，来攻城的希腊首领是赫拉克勒斯，第二次在普里阿摩斯做王时期，希腊首领是阿伽门农，也就是《伊利亚特》的主题。最早与赫拉克勒斯一起攻城的是特拉蒙，其子埃阿斯则是第二次特洛亚战争的主将之一。阿波罗多罗斯在《藏书》卷二中讲到一个细节，与此处说法有关。特拉蒙比赫拉克勒斯先入特洛亚城，引起后者不满。赫拉克勒斯原本起了杀心。特拉蒙随机应变，声称自己先进城是为了建造一座赫拉克勒斯的英雄纪念碑。赫拉克勒斯听了很满意，随后还把特洛亚公主赫西奥涅赏给特拉蒙（6，4，另参卷三，12，7）。

洛亚城就这样遭受第一次沦陷①。乌塔耶女神告诫好骑士要提防敌人利用类似的计谋蒙骗自己。至尊赫耳墨斯说，当心敌人的陷阱。

**寓理**

敌人攻城时避免留下空城，这个说法可以理解为，向善的灵魂要总是关注美德，为美德所充盈。奥古斯丁说过，正如士兵在战时日夜不得放下武器，我们在此生中也时刻不能没有美德。在魔鬼的眼里，没有美德的人就如同没穿盔甲的士兵。《路加福音》第十一章："壮士时时佩好武器，能保证家宅平安。"②

---

① Troie，特洛亚第一次亡城战争，参看第三十七篇和第六十一篇。阿波罗多罗斯记载道，赫拉克勒斯只留下一名将领看守船只，虚张声势，一边偷偷带精锐部队攻城，拉奥墨冬中计带兵出城迎战，致使对方轻松攻下空城（卷二，6，4）。
② 《路加福音》，11：21。和合本："壮士披挂整齐，看守自己的住宅，他所有的都平安无事。"

# 六十七


俄耳甫斯的竖琴

何必沉迷，你思寻

弓矢戎装的人生，

不为一把乐器出征。


**评释**

在神话故事中，诗人俄耳甫斯 ① 的琴声如此美
妙，连河水也为之倾慕倒流。天上的飞鸟，地上的野
兽，连同可怕的蛇，全忘了本性的残忍，停下来倾听
他演奏。这里应理解为，俄耳甫斯的琴艺高妙，吸引
不同身份的人前来屏息倾听。这样的乐器常常过分溺

---

① Orphée，俄耳甫斯，古希腊诗人，其生平记载多见于神话传说，古代作
者常援引他的佚失诗作，希腊化时代还盛行某种俄耳甫斯秘教崇拜。在
神话中，俄耳甫斯是天赋异常的歌人，他的歌唱能迷醉自然，感动石
头，连凶残的怪兽也变安详。第七十篇提及俄耳甫斯为寻找亡妻下冥府
的故事。奥维德《变形记》中有多处记载，卷十开篇讲俄耳甫斯和妻子
的故事（行 1—85），紧接着讲到俄耳甫斯用有魔力的歌唱讲了一连串
故事（行 143 起，卷十一，行 1—84）。

惑人心，乌塔耶女神为此告诫好骑士不要过分沉迷其中，年轻人有志成为好骑士，就要避免玩物丧志，不过分贪恋音乐或其他闲暇活动。古人说，乐声是蛇的陷阱。柏拉图说，一个人完全专注于满足诸种肉身欲念，则比奴隶还深陷于奴役状态。

**寓理**

不要沉迷俄耳甫斯的琴声，这个教训不妨理解为，向善的灵魂不应耽溺于诸种家族来往和社交应酬，更不应以此为乐。奥古斯丁在《论神职人员的独特性》中说，隐者不去逸乐场所会少受欲念的刺激，同样的，一个人没有经历尘世的财富也会少受贪婪的折磨。大卫在《诗篇》中说："我警醒不睡，生来就如屋顶上孤单的雀。"①

---

① 《诗篇》，102：7。和合本："我警醒不睡，我像屋顶上孤单的麻雀。"

# 六十八


单为一场梦，你可别，

单为发了疯的幻觉，

轻举妄动，有理亦无理：

帕里斯的教训常在心里。


**评释**

帕里斯 ① 做梦从希腊拐走海伦，特洛亚人为此派
兵送他去希腊。他真的从那里拐走海伦。因为这桩丑
事，希腊大军才远征特洛亚。古时希腊疆域辽阔，如
今意大利的普利亚和卡拉普利亚等地在当时均称"小
希腊"。阿喀琉斯的故乡就在那里 ②。这群希腊人最终

---

① Pâris，帕里斯，也是第七十三篇和第七十五篇的主角。有关第二次特洛
 亚亡城战争的缘由，参看第四十三篇和第六十篇相关注释。

② Achilles，阿喀琉斯，第三十一篇、第四十篇、第七十一篇、第八十五
 篇和第九十三篇的主角。在《伊利亚特》中，阿喀琉斯被称为"米尔弥
 东人"的首领，他的故乡是古代特萨莉亚境内的佛提亚地区部落，位于
 今天希腊境内。匹桑提到的普利亚或卡拉普利亚位于意大利南部，与
 "阿喀琉斯的故乡"并无关联。

摧毁特洛亚城及其周遭地区。乌塔耶女神告诫好骑士，不要迷信异象去做一件重大的事，以免遭遇不测。在做出重要举措之前要有认真审慎的权衡，柏拉图说，在理智判断之前，不要轻举妄动。

**寓理**

不应把异象当成重要举措的依据，这个教训表明，向善的灵魂不应因为有可能蒙受的神恩而狂妄自大。格里高利在《道德集》中说，傲慢一般呈现为四种形式。第一种是拥有善福并认为或宣称善福来自他们本身的努力；第二种是拥有善福并认为善福来自神赐，但自认受之无愧，是因为自身善德而得到的奖赏；第三种是自诩拥有他们并不拥有的善福；第四种是轻视他者却又渴望得到他者的认同。智者在《箴言》第八章中批评这一恶习："我憎恶狂妄、傲慢和言辞乖谬胜过一切。"①

————————

① 《箴言》，8：13。和合本："那骄傲、狂妄并恶道，以及乖谬的口，都为我所恨恶。"

# 六十九

钟爱猎犬和飞鸟，

阿克泰翁年少天骄，

莫忘他变成鹿，

何必重演那一幕。

**评释**

阿克泰翁 ① 出身贵族，恭谦有礼。他钟爱猎犬和飞鸟。在神话故事里，有一天，他在繁茂的森林里打猎，与随从失散，孤身一人。林中女神狄安娜也在那里狩猎，正午时分，天气炎热，她受不住烈日酷晒，跳进清澈的山泉里沐浴。她脱光了衣衫，身边簇拥着一群仙子和女神的伴从。阿克泰翁无意间闯进来，撞

---

① Actéon，阿克泰翁，卡德摩斯的孙儿。奥维德《变形记》卷三中讲了阿克泰翁无意中偷看狄安娜女神入浴并因此受罚的故事（行138—252）。本篇的主题是切忌玩物丧志，也见第六十五篇"阿多尼斯被野猪咬死"和第六十七篇"沉迷俄耳甫斯的竖琴"。

见赤身裸体的狄安娜。贞洁的处女神当场羞红脸，心里恼怒极了。她于是说："我知道，你们这些贵族青年常拿太太小姐们夸口轻薄。我要你从此不能说话，免得你去向人吹嘘看见我赤身裸体。"她当场诅咒他，把他变身成一头麋鹿。阿克泰翁丧失人形，但心智尚存。他又是苦恼又是惊惧，在树丛里逃窜。他很快遇到他所钟爱的猎犬群。原本到处找他的随从也开始追捕这头麋鹿。他们看见却认不出他。他们将他打倒在地：阿克泰翁淌着热泪，可怜一句人话也说不出，不能喊叫求饶。林中的所有麋鹿一起发出临死前的哀号。阿克泰翁下场悲惨。他在极度痛苦中被自己的猎犬咬死并迅速吞噬。乌塔耶为此告诫骑士，切记玩物丧志，为某项闲暇娱乐而毁了自己。智者说，闲散导致无知和谬误。

**寓理**

我们不妨把变成麋鹿的阿克泰翁理解为真正的悔改者：他从前有犯错的恶习，如今克制肉身欲念，服从精神束约，以苦行赎罪。奥古斯丁在评释《雅歌》时说 ①，悔改是一种轻盈的负担，不应说成"压在人身

---

① Saint Auguste, *Super Psalmos*。

上的重负"，而应称作"飞鸟的翅膀"，因为，正如飞鸟在地上要拖着翅膀，同样这些翅膀也能带它们飞上高天，悔改的灵魂在大地上要承受悔过的负担，同样这些悔过也能引领它们飞向天国。《马太福音》第三章："你们悔改吧，天国就会邻近。"①

_____

① 《马太福音》，3：2。和合本："天国近了，你们应当悔改。"

# 七十

俄瑞狄刻芳魂寻无处，

深入冥府那死荫的深谷，

他带着竖琴也枉然，

传说俄耳甫斯独自归返。

**评释**

在神话故事里，会弹竖琴的诗人俄耳甫斯娶了美丽的俄瑞狄刻①。婚礼当天，她去散步。天热，她光着脚。有个牧人看见美人，心存不轨，一路追着她跑。她心中害怕，慌张逃开，不慎让蛇咬到脚后跟，瞬息香消玉殒。俄耳甫斯悲痛不已。他带着竖琴，穿过冥府的大门，进入幽冥的深谷，站在冥王的宫殿前。他在那里歌唱，那么温存，冥间的诸种苦楚仿佛消减。那些来去匆忙的幽魂纷纷停下倾听竖琴的妙音。连冥

---

① Eurydice，俄瑞狄刻，神话中的水仙。参看第六十七篇相关注释。参看阿波罗多罗斯《藏书》，卷一，3，2。

后珀耳塞福涅也深受感动，心生怜悯。普鲁同、刻尔柏若斯和卡戎眼见冥间各项公务连同惩处因为俄耳甫斯而被中断，就把爱人还给他，但提出一个条件：在他们走出幽冥的沼泽地时，他要走在前面，俄瑞狄刻跟在后面，他不能转身看她，否则就会永远失去她，再也找不回来。俄耳甫斯没能克制内心的激情。他转身看了一眼心爱的人，俄瑞狄刻在同一瞬间被冥府吞噬，永远离他而去。这个神话故事有多种解释可能。在这里，我们不妨理解为，一个人只有渴望不可能的物事才会去冥府寻找俄瑞狄刻，一个人深陷在悲伤之中就不可能成功。梭伦说，渴求不可能拥有之物是一种疯狂。

### 寓理

不应去冥府寻找俄瑞狄刻。这个教训不妨理解为，向善的灵魂不应渴望奇迹发生，更不应向神求索奇迹。因为这么做是在挑衅神。奥古斯丁在评释《约翰福音》时说①，人向神祈求不会实现，要么是求不可能存在或不应发生的物事，要么人得到以后可能作为有害的用途。神因慈悲而不把某些物事交给人，因为

---

① Saint Augustin, *Super Iohannem*。

神知道人不会善加利用。《雅各书》第四章："你们求
而不得，是因为你们求时心存不善。"①

---

① 《雅各书》，4：3。和合本："你们求也得不着，是因为你们妄求。"

# 七十一

真正的骑士总能辨识，

即便在隔世的隐修室，

想想阿喀琉斯当年，

前人的考验是你的经验。

**评释**

在神话故事里，阿喀琉斯是忒提斯 ① 的儿子。身

为女神，忒提斯预见到儿子将来会经常作战，最终还

会战死沙场。她很爱这个儿子，为使他避开不幸的命

运，让他穿上女人的装束。她让他头戴面纱，打扮成

维斯塔修院里的修女 ②。阿喀琉斯在那里生活了很长时

---

① Thétis，女海神忒提斯，佩琉斯的妻子，阿喀琉斯的母亲。依据神谕，阿
喀琉斯要么少年战死沙场而留名后世，要么安享天伦之乐却默默无名。
阿喀琉斯最终选择前一种人生。奥维德在《变形记》卷十三中提到，为
了阻止阿喀琉斯去特洛亚赴死，忒提斯把儿子扮成女人，直至被奥德修
斯识破（行 162—170）。另参看阿波罗多罗斯《藏书》，卷三，13，8。

② Abbaye de la déesse Vesta，直译为 "维斯塔女神的修院"。修道院和修
女是基督宗教语汇。在罗马时代，当指维斯塔女神庙的女祭司。维斯
塔，或家火女神，即希腊神话中的赫斯提亚。家火女神神庙在罗马时代
远比在希腊时代重要。从匹桑此处的表述，我们得以窥见不同年代对神
话的解释乃至 "去神话化"。

间，从童年直至长大成年。神话里还说，他与西斯图斯 ① 的女儿相爱，生下精通骑士之道的皮洛斯。希腊人在准备出征特洛亚时求过神谕，得知阿喀琉斯一起出发才能保证他们取得战争的胜利。他们到处寻找阿喀琉斯，可是没有找到。只有才智过人的奥德修斯找到维斯塔神庙。他不能当场揭穿真相，于是想出一个聪明的计策。他找来一些戒指、头巾、腰带和女人的饰物，此外还有一些很漂亮的骑士盔甲。他把这些东西摆在修女们面前，让她们每个人取一样最喜欢的物件。天性难改，修女们纷纷选中镶了宝石的饰品，只有阿喀琉斯拿起盔甲。奥德修斯赶紧跑上前拥抱他，说自己要找的人就是他。骑士热爱武器本应超过钟情华美的服饰（后者是女子的特性）。借助这个办法，不难辨识出一名真正的骑士。罗吉农 ② 说，只有武器能让人辨认出骑士。至尊赫耳墨斯说，信任一个人，要先考验他。

---

① Histeus，神话中似无此人。可能是匹桑的臆造。依据阿波罗多罗斯在《藏书》卷三中的说法，忒提斯把乔装成女子的阿喀琉斯托付给斯基洛斯王吕科摩德（Lycomede），阿喀琉斯随后与国王的女儿得伊达弥亚（Deidamie）生下皮洛斯（13，8）。

② Loginon，依照 G. Parussa 的考证，当系古代传说中的某位神话故事作者。

**寓理**

从如何辨认一名真正的骑士这段教训中，我们可以理解到，耶稣基督的骑士必须通过运用武器施行善德而得到辨认。好骑士必能获得应有的奖赏，哲罗姆在一封书信中说过，正如神的正义不会放过任何一种恶而未加惩罚，同样也不会放过任何一种善不给予奖赏。因此，对于值得称许的人来说，没有什么工作是艰苦的，也没有什么等待是痛苦而漫长的，因为他们等待的最高奖赏是神所赐予的永恒的荣耀。《历代志》第十五章："你们要坚强，双手不要无所事事，因为你们所行的必有赏赐。"①

---

① 《历代志下》，15：7。和合本："现在你们要刚强，不要手软，因为你们所行的，必得赏赐。"

## 七十二

谁敢与阿塔兰特比试，
那女子天生美质，
奔跑乃是她的天性，
在你却是无用的争衡。

**评释**

阿塔兰特 ① 是仙女，天生貌美，可惜命数不济，
好些男子为她连命也丢了。原来，许多男子爱慕她的
美丽，想娶她为妻，但她命中有一条规定，只有比她
跑得快的男子才能娶她，至于那些输给她的求婚者则
会当场丧命。不止一个男子为她死去。这里说的赛跑
可以有多种解释方法：同一件美物惹人垂涎，但只有
付出努力的人才有可能拥有。乌塔耶女神为此提出教
训，一个人勇敢强壮，且是名好战士，就不应为那些

---

① Atalante，阿塔兰特。奥维德在《变形记》卷十中讲了阿塔兰特和少年
希波墨涅斯赛跑的故事（行503—739）。

与荣誉无关的无意义的动机而去作战。此外这么做还会带给他极大的不幸。特西勒①说，要做有益身体进而适宜灵魂的事，其余的要避免。

**寓理**

不应与阿塔兰特比试，这个教诲可以理解为，向善的灵魂不应过分专注于世俗事务，或置身其中的共同政治生活。奥古斯丁在书信中说，温和的人世比残酷的人世更危险。人世越是动荡，人心越应出世；比起招人厌弃的人世，人心更应在诱入迷恋的人世倾向于出世。施洗者约翰在《约翰一书》第二章中说："人若爱世界，天父的爱就不在他里面。"②

---

① 依据 G.Parussa 的考证，Thésile 当系 Basile de Césarée。
② 《约翰一书》，2：15。和合本："人若爱世界，爱父的心就不在他里面了。"

## 七十三

莫学帕里斯审判，

从此寝食难安，

一朝妄作论断，

牵扯出多少忧烦。

**评释**

在神话故事里，三位法力最强大的女神，也就是智慧女神帕拉斯、财富女神朱诺和情爱女神维纳斯一起走到手持金苹果的帕里斯[①]面前。苹果上写着只给最美的女神。这在三位女神中间引起极大纷争，个个认定这样的称号非自己莫属。于是，帕拉斯对帕里斯

---

[①] Jugement de Pâris，帕里斯的审判。看看第六十篇"不和女神"的相关注释。欧里庇得斯在多部悲剧中提到帕里斯的审判，参看《特洛亚妇女》，925 起；《安德洛玛克》，274 起；《海伦》，23 起。拉丁作者的记载，参看希吉努斯，《神话指南》，92；奥维德，《列女传》，卷五和卷十六。中世纪作者的记载，参看达瑞斯，《特洛亚的陷落》，7；《特洛亚传奇》，50。帕里斯也是第六十八篇和第七十五篇的主角。

说："我是智慧女神，主司骑士之道。我把武器分派给骑士，把知识传授给教士。你给我金苹果，我让你成为最优秀的骑士，在诸种知识上没有人能超越你。"财富和权力女神接着说："我分配世间财富，你给我金苹果，我让你成为最富有和最强大的人。"维纳斯最后说出这些最可爱的话语："我教会世人爱与爱的欢愉。我使疯子变成智者，使智者变成疯子。我使富人行乞，使穷人变富。我的能力无与伦比。你给我金苹果，我把希腊美人海伦的爱情带给你，这比世间任何财富更有价值。"帕里斯做出审判。他放弃骑士荣誉、智慧和财富，把苹果给了维纳斯。这就是特洛亚城沦陷的缘由。这个故事应该这么理解，帕里斯天生不是骑士，不是智者，也不关心财富，他一门心思只想爱情，所以才把金苹果给了维纳斯。为此，乌塔耶女神告诫赫克托耳切莫和他一样行事。毕达哥拉斯说，审判不公的人活该遭受各种不幸。

**寓理**

帕里斯的荒唐审判表明，向善的灵魂应避免评判他人。奥古斯丁在《驳摩尼教》[1]中说，我们尤其应

---

[1]　Saint Augustin, *De moribus ecclesie contre Manichen*。

避免做两件事，首先就是评判他人，因为，我们永无可能确切知晓事情发生的本来意图，擅加审判是狂妄自大的。要用最积极的态度去看待它们。另一个原因是，我们完全无法确定，当下的好人或恶人在未来会是好人还是恶人。《马太福音》第七章："你们不要评判人，以免被人评判；恐怕别人也会无情地评判你们。"①

---

① 《马太福音》，7：1。和合本："你们不要论断人，免得你们被论断。"

# 七十四

莫信那命运大女神，

她许诺天下人，

转眼变心意，最欢喜

把高处的甩进污泥。

## 评释

依照神话故事作者的说法，命运 ① 确实是一位重要的"大女神"。她主管世间万物，承诺给不少人带去好运，但给出不久又随心所欲地要回来。为此，乌塔耶女神告诫好骑士，既不要轻信好运的承诺，也不要受厄运的影响。苏格拉底说，命运女神把玩的转轮，就如捕鱼的篓子。

## 寓理

赫克托耳不应相信命运女神，我们应理解为，向

---

① Fortune，命运女神，即希腊神话中的莫伊拉三女神。参看第三十四篇"阿特洛珀斯的纺锤"。

善的灵魂要逃避并轻视人世的诸种乐趣。波埃修斯在《哲学的慰藉》①第三章说，伊壁鸠鲁派的快乐必须称作不幸。因为，完美的真福是指人自足自在，受尊敬、深沉并向喜乐开放。这与伊壁鸠鲁派定义为快乐的东西决然不同。神借先知以赛亚的口说："我的百姓啊，称许你蒙真福的人在欺骗你。"②

① Boece, *De consolatione philosophiae*。
② 《以赛亚书》，3：12。和合本译为："我的百姓啊，引导你的使你走错，并毁坏你所行的道路。"

# 七十五

你统领这场战争，

不该帕里斯做先锋，

单挑怎及他轻乔，

美人在怀的兴豪。

**评释**

帕里斯 ① 天生是多情种子，不是拿得起刀剑的战士。乌塔耶女神为此说，好骑士不应让一个先天不足的骑士去做军队的头领。亚里士多德告诫亚历山大大帝，要让有才智、谙晓刀剑的人来统领骑士团。

**寓理**

赫克托耳不应让帕里斯做先锋，这里头的意思

---

① 帕里斯也是第六十八篇和第七十三篇的主角。帕里斯在战场上做先锋的失败例子，参看《伊利亚特》卷三：在赫克托耳的激励下，帕里斯主动提出与墨涅拉奥斯单独决斗，谁赢谁就拥有海伦和财产，避免两军相争两败俱伤。墨涅拉奥斯轻松赢过帕里斯，不料阿佛洛狄特女神干预，将帕里斯从战场上救走，安置在卧房，还召唤海伦去陪伴他。

是，向善的灵魂渴望获得属天的骑士荣誉，就应回避
俗世，选择静修的人生。格里高利在评释《以西结
书》时说①，静修的人生比活跃的人生更高贵，更伟
大，也更值得被选择，因为活跃的人生只是在为此生
做苦工，静修的人生却能让灵魂品味来世的安宁。路
加为此将抹大拉的马利亚②比作静修的化身，《路加福
音》第十章："玛利亚选了最好的一份，是永远不能
夺去的。"③

---

① Saint Grégoire，*Homelioe super Ezechielem*。
② 【法文本注】其实是马大的妹妹马利亚，长期被当成抹大拉的马利亚。
支持这个假说的人以格里高利为首。后世的经学家已放弃这个假定
解释。
③ 《路加福音》，10：42。和合本："马利亚已经选择那上好的福分，是不
能夺去的。"

七十六

何必去窥探他人，

你有你的人生浮沉。

刻法洛斯的标枪，

罗得的妻，且常思量。

**评释**

刻法洛斯 ① 是古时的骑士。有一则神话故事说，
他一生沉迷于狩猎的乐趣，尤其擅长掷标枪。他有一
根标枪，从来百发百中，毫无爽失，并且每次都会致
投中之物于死命。他习惯早起到林间追逐猎物，他的
妻子深感嫉妒，疑心他爱上别的女子。她想弄清楚，
就一路跟着他，窥伺他。刻法洛斯听到妻子藏身之地

---

① Céphale，刻法洛斯，雅典王子。刻法洛斯和妻子的故事，最早记载见
公元前五世纪希腊诗人费勒西德斯（Pherecydes of Lero）的版本。奥维
德在《变形记》卷七中讲到刻法洛斯和普罗克里斯（Procris）彼此相
爱却互相猜疑，以致酿成悲剧的故事（行661—865），当系匹桑参考的
版本。

的草木有动静，误以为是头野兽。他掷出标枪，射中妻子，当场杀死她。这桩悲剧令刻法洛斯痛苦不堪，追悔莫及。至于罗得的妻子，《圣经》里讲到，她没有听从天使的命令，在五座城邦灭亡的时候回头去看，当场变成一根盐柱①。这些逸闻趣事有诸种解释的可能。不过，它们无不表明同一个真理：事不关己，就不应出于好玩去窥视别人。没有人愿意遭窥探。至尊赫耳墨斯说，己所不欲勿施于人。不要对他人下圈套，用陷阱或诡计损害他人，以免自作自受。

## 寓理

赫克托耳不应窥探他人，这个教训可以理解为，向善的灵魂不该费心去了解他人的言行经历，或主动询问他人的消息。金嘴约翰在评释《马太福音》时说②："你在别人的行为里发现这么多小缺点，为什么却在自己的行为里忽略这么多大毛病？你若爱自己甚于爱邻人，为什么去关心他的行为却忽略你自己的行为？先检验你自己的操守，再去管别人。"《马太福

---

① Loth，罗得。《创世记》第十九章讲到，耶和华灭了所多玛和蛾摩拉，只有义人罗得连同妻子女儿获救，罗得的妻因为回头看了一眼变成盐柱（19：23—26）。匹桑这里说是五座城邦的毁灭，但经文里似乎只提到两座罪恶之城。

② Saint Jean Chrysostome，*Super Mattheum*。

音》第七章："为什么你只看见你兄弟眼中有草屑，却看不到自己眼中有梁木？"①

① 《马太福音》，7：3。和合本："为什么看见你兄弟眼中有刺，却不想自己眼中有梁木呢？"

## 七十七

赫利诺斯的预言，

我劝你莫去轻贱。

世间多少损折

盖因不敬从智者。

**评释**

赫利诺斯①是赫克托耳的兄弟，也是普里阿摩斯王的儿子。他是祭司，非常贤明，学识渊博。他竭力劝阻帕里斯去希腊拐走海伦。但没有人信他，这才导致特洛亚人的不幸下场。乌塔耶女神为此告诫好骑士，要信赖智者，听从智者的忠告。至尊赫耳墨斯

---

① Hélénus，赫利诺斯，特洛亚先知，和卡桑德拉是双胞姐弟（参看第三十二篇）。他从阿波罗那里获得神谕，预言帕里斯去希腊必会招致大祸。赫克托耳死后，他最终娶安德洛玛克为妻。参看阿波罗多罗斯《藏书》，卷三，12，5；卷五，8—10。在维吉尔的《埃涅阿斯纪》卷三中，赫利诺斯为埃涅阿斯请神谕，让他在西比尔女先知的陪伴下去地府（行356—373）。

说，一个人尊敬智者，听从智者，必能长久繁荣。

**寓理**

赫利诺斯不赞同引发战争的例子表明，向善的灵魂要避免受试探。哲罗姆说，罪人放任诸种诱惑控制自己，是没有理由为自己辩解的。魔鬼的试探力量微弱，只能控制那些甘愿受试探的人。使徒保罗在《哥林多前书》第十章说："神是忠信的，必不许你们受超过你们所能受的试探，但他时时备着各种试探，好叫你们忍受得住。"①

---

① 《哥林多前书》，10：13。和合本："神是信实的，必不叫你们受试探过于所能受的。在受试探的时候，总要给你们开一条出路，叫你们能忍受得住。"

# 七十八

醒来何必悲喜相生，
为那些纷乱的梦影，
瞌睡的睡神派了信使，
摩耳甫斯梦中送礼。

**评释**

在神话故事中，摩耳甫斯 ① 是睡神之子，也是睡
神的使者。他是梦神，为人造梦。人在梦中所见往往
纷乱而费解，有时在现实中应验，有时梦与现实正相
反，没有人具备足够的智慧能准确地解梦——尽管所
有释梦者自诩能做到这一点。乌塔耶告诫好骑士，不
应为这类无从了解确凿含义的梦而欢喜或不安，也不
应为命运作出的过渡性安排而欢喜或不安。苏格拉底

---

① Morphée，梦神摩耳弗斯，睡神之子。奥维德在《变形记》卷十一中描
绘了睡神的住所。睡神有一千个儿子，其中之一就是摩耳弗斯，他善于
模仿人的模样（行592—633）。

说，身为人类应在各种场合不悲不喜。

### 寓理

我们不应为了梦或幻景而过分悲喜，这里头的意思是，不论发生什么，向善的灵魂不应过分悲喜。奥古斯丁在评释《雅歌》时[①]说过，人在患难中要平静承受："他说，我儿，你若因人生的苦难而哭泣，就要在天父的看视下哭泣；你若抱怨命运强加的厄运，小心这不是出于愤怒或傲慢。因为，神给你考验，这是解药而不是惩罚，这是规诫而不是诅咒。天父为了纠正你而使用棍棒，切莫推开这棍棒，以免你失去对他的继承。不要去想你要忍受他的鞭打的苦楚，要去考虑你在他的圣嘱中的位置。"智者说："凡降到你身上的你要接受，在挫败的变迁中你要忍耐。"[②]

---

① Saint Augustin, *Super Psalmos*。
② 参看思高本《德训篇》2:4:"凡降到你身上的你都要接受，在各种困苦中你要多多忍耐。"

# 七十九

一意在海上出行，

几经死生，多少险与惊。

且听阿尔库俄涅悲吟

刻宇克斯的伤心命运。

**评释**

刻宇克斯[①]是王者，也是一个成熟练达的男人。他的妻子阿尔库俄涅非常爱他。有一回，国王渴望到海上冒险旅行。他出发时正逢暴风季节。阿尔库俄涅爱他心切，不住劝阻他出发。她苦苦哀求，泪流满面，却没能消解他内心的渴求，也没能说服他同意自己一起出发，那本是她最大的心愿。出发那天，她努力往船上冲，刻宇克斯王安慰她，坚持让她下了

---

① Céyx，刻宇克斯，特剌欣王。奥维德在《变形记》卷十一讲了他和妻子阿尔库俄涅（Alcyoné）一同变成翠鸟的故事（行410—748）。

船。她心里充满惊惧，因为她瞥见风神埃俄罗斯①在海上现身。刻宇克斯没过多久就遇难了。阿尔库俄涅听说，也投海死了。神话中说，诸神怜悯他们，把这对爱人变成鸟，好让世人永远纪念他们的爱情。它们迄今还在海上飞翔，人称"翠鸟"，长着白色的羽毛。水手看见它们飞来，能预知风暴将临。乌塔耶女神借此告诫好骑士，在开始一场有风险的旅行以前，要听从忠实朋友的劝告。阿萨荣②说，智者尽力远离不幸，疯子却费力去找不幸。

**寓理**

赫克托耳要听信阿尔库俄涅，这个教训可以理解为，向善的灵魂受到某些邪恶的试探，有可能思想中产生谬误或疑问，这时他应以教会的教义教理为依托。安布罗斯在《论义务》③中说，只有疯子才会怀疑教会的教义教理。事实证明，约瑟给法老一个审慎的忠告，这比他直接给法老金钱更有用。因为金钱无法弥补埃及的饥荒，约瑟的忠告却令埃及在五年里顶住

———————

① Eole，风神埃俄罗斯，传说是阿尔库俄涅的父亲。
② 依据 G.Parussa 的考证，这里似指援引自《哲人道德箴言》(*Dits moraux des philosophes*)的某位哲人。
③ Saint Ambroise，*De officiis*。

饥荒的威胁①。智者在《箴言》第三章中说："你要遵
从律法和明智的忠告，它们是你心灵的生命。"②

---

① 约瑟为法老解梦，参看《创世记》，41：1—36。旧约里指埃及有七个荒
　年，而非五年。
② 《箴言》，3，21—22。和合本："谨守真智慧的谋略，它必作你的生命。"

# 八十

少年狂论莫听信，

特洛伊罗斯的教训。

长者历练老成，

谙悉兵法早知名。

## 评释

拉奥墨冬因挑衅前往科尔基斯的希腊英雄而招致亡城 ①。他的儿子普里阿摩斯重建特洛亚城后想要复仇。他召集城邦议会，许多高贵明智的长老都来参加，讨论要不要让王子帕里斯去希腊劫持海伦，好为普里阿摩斯的姐妹赫西奥涅 ② 报仇——她被特拉蒙之

---

① 特洛亚的两次亡城战争，参看第三十七篇、第六十一篇和第六十六篇相关注释。

② Hésione，赫西奥涅，拉奥墨冬之女，原本要献祭给海怪以救特洛亚城，后来赫拉克勒斯征服了海怪。特洛亚第一次亡城时，赫拉克勒斯把赫西奥涅当成战利品赏赐给特拉蒙。此处与第六十六篇同样误作为特拉蒙之子埃阿斯。参看第三十七篇和第六十六篇相关注释。帕里斯拐走海伦，与普里阿摩斯为赫西奥涅报仇有关，这个说法主要见达瑞斯《特洛亚的陷落》，9—10。

子埃阿斯强行带走，沦为女奴。所有在场的智者纷纷反对，因为他们从神谕或别的预言中获知，这么做将导致特洛亚再度亡城。普里阿摩斯的小儿子特洛伊罗斯①也在场，当时还是少年，他声称事关战争不应听取老年人的意见，老年人出于懒惰必定鼓吹不作为的好处。他提出相反的建议。特洛亚人听了他的话，终于带来极大的不幸。

为此，乌塔耶女神告诫好骑士不应听信少年的建议，少年的审思能力往往有限，流于表面。智者说，少年称王的国度要受诅咒。

**寓理**

向善的灵魂不应听信少年的建议，这表明，要熟知一切有益于灵魂救赎的物事，而不能一无所知。奥古斯丁也反对无知：无知是糟糕的母亲，生养出一群糟糕的女儿，也就是说谎和优柔寡断；前者有害，后者可悲，前者不道德，后者有妨碍；只有借助智慧才能消除这两种恶习。经上说："他们背离智慧之路，

---

① Troïlus，特洛伊罗斯，特洛亚王子，赫克托耳的弟弟，参看第四十篇相关注释。在古代神话里，特洛伊罗斯未成年就死在阿喀琉斯手下。但在诸如《特洛亚的陷落》和《特洛亚战争日志》等中世纪文学中，特洛伊罗斯是特洛亚主将，第二个赫克托耳（参看第九十三篇）。他还被塑造成骑士小说里的理想情人形象（参看第八十四篇）。

不但抛弃自己不认识的善事，更让后世记住他们的
愚妄。"①

① 参看思高本《智慧篇》10：8："因为他们离弃了智慧，不但害得自己不
认识善事，而且还给世人留下他们愚妄的纪念，致使他们的过犯一点也
不能隐瞒。"

## 八十一


卡尔卡斯若知命，

机关算尽不聪明，

卖了君王社稷，

此辈众生最轻鄙。


### 评释

卡尔卡斯[①]是一名诡诈的先知。他本是特洛亚人。普里阿摩斯王得知希腊大军杀将过来，派卡尔卡斯去

---

[①] Calcas，卡尔卡斯，特斯托尔之子。《伊利亚特》中提到两个特斯托尔，一个是阿尔戈英雄，先知卡尔卡斯的父亲（卷一，行68），另一个是特洛亚年轻战士，为帕特罗克洛斯所杀（卷十六，行401）。荷马诗中并无卡尔卡斯"倒戈"之说，而是强调他是"最高明的鸟卜师"（卷一，69），他在希腊人远征特洛亚的几次关键时刻起了重要作用，比如他预言阿喀琉斯必须参战，希腊人才有可能获胜。再比如出发之际海上起逆风，他指明希腊人在祭神中得罪阿尔特弥斯女神，阿伽门农必须牺牲女儿，希腊人才有可能从奥利斯出发。再比如战争第十年进退两难之际，卡尔卡斯解释长蛇与鸟的神兆，预言希腊人苦战九年，第十年必能攻下特洛亚城。匹桑在这里沿袭中世纪作者的记载，说卡尔卡斯本是特洛亚人，却背叛了母邦。参看达瑞斯《特洛亚的陷落》，15；狄克提斯《特洛亚战争日志》，卷一，15；《特洛亚传奇》，79—81。

德尔斐向阿波罗神求神谕。神谕指明希腊人在战争第
十年获胜。卡尔卡斯于是转投希腊人。当时阿喀琉斯
也在德尔斐求神谕。卡尔卡斯与他结识，同往希腊军
中，给希腊人出谋划策，攻打自己的母邦。他数次劝
阻希腊人与特洛亚人谈和。乌塔耶女神告诫好骑士，
要厌恶像卡尔卡斯这样的人。这类叛徒往往诡计多
端，严重损及国家社稷乃至所有人。柏拉图说，贫穷
卑微却狡猾的人有可能比富有强大却愚蠢的人带来更
大损害。

**寓理**

卡尔卡斯活该受人厌恶，这表明，向善的灵魂要
厌恶诸种蒙骗邻人的诡计，无论如何不可赞成使用这
类诡计。哲罗姆说过，即便在亲近的交往关系中，在
一同分享吃喝的私密场合里，叛徒也不会有一刻心
软。即便得到帮助，受惠良多，他也不会有一刻变
好。《提摩太后书》第三章，使徒保罗对提摩太说：
"那时人贪财、自负、傲慢、背信、狂妄又自大。"①

---

① 《提摩太后书》，3：2，4。保罗此处其实是预言末世的人性。和合本：
"那时人要专顾自己、贪爱钱财、自夸、狂傲……卖主卖友、任意妄为、
自高自大。"

# 八十二

不要不乐意付出，

要善用你的天赋，

看赫尔玛芙洛狄特，

拒绝的代价太苛。

**评释**

赫尔玛芙洛狄特①是美貌的少年。有个水仙疯狂爱上他。他根本不看她一眼。她穷追不舍。有一回，他打了一整天猎，筋疲力尽，走到萨尔玛奇斯②的泉边。那一池清水吸引他，让他想沐浴。他脱去衣

---

① Hermaphrodite，赫尔玛芙洛狄特。这个名字的意思是"雌雄同体"，或"阴阳人"。就其词源看，是由赫耳墨斯和阿佛洛狄特两个神名组成（Herme + Aphrodite），传说他也确乎是这两位神的儿子。奥维德在《变形记》卷四中讲了赫尔玛芙洛狄特变成阴阳人的故事（行288—390）。值得一提的是，匹桑在此处指责少年的拒绝是粗暴和无情的，在奥维德笔下，少年是完全无辜和被动的。

② Salmacis，萨尔玛奇斯。在奥维德的版本里，既是泉水之名，也是水仙的名字。

服，下了水。水仙看见他光着身子，也脱去衣服，下了水，对他百般缠绵。他却有失光明正大，粗暴地推开她。她苦苦哀求也无用，始终不能打动他的心。于是她狂热地祈求诸神，永远不要把她和她心爱的人分开，尽管他毫不容情地拒绝了她。诸神可怜她，就使他们两人的身体合二为一，变成一个阴阳人。通过这个故事，我们应明白，在给予不会造成不良后果或损害时却依然拒绝或抗拒给予，这是卑鄙的行径。至尊赫耳墨斯说，莫拖延时间去执行你应尽的职责。

**寓理**

向善的灵魂要勇于在必要的时候给予，而不要顽抗。要尽自己所能地支援那些需要帮助的人。格里高利在《道德集》中说，帮助不幸的人，首先要分担他的不幸。只有与他同在不幸中，才能给他真正的慰藉。若没有放在火中烧热变软，两块铁不可能接在一起，同样的，若没有同情心的感化，也不可能帮助一个人从悲伤中重新站起。《以赛亚书》第三十五章："你们要慰藉委顿的手，坚固虚弱的膝。"①

———————

① 《以赛亚书》，35：3。和合本："你们要使软弱的手坚壮，无力的膝稳固。"

## 八十三

时间地点合宜，

玩奥德修斯的游戏，

正派又益智，

适逢休战与节日。

**评释**

奥德修斯 ① 是希腊贵族，心思细密，才智超群。
在攻打特洛亚城的十年战争中，他利用闲余发明不少
有趣的益智游戏，以供骑士们休战时期消遣。传说他
发明了象棋和其他类似的游戏。乌塔耶女神教导好骑
士，在恰当的时候，他大可玩这类游戏作为消遣。索
利努斯说，一切益智又正派的事都是被允许的。

---

① Les jeux d'Ulysse：奥德修斯的游戏。奥德修斯以足智多谋和能言善道著
　　称，这里说他发明益智游戏。在柏拉图的《斐德若》中，苏格拉底带着
　　戏谑的语气说起"涅斯托和奥德修斯在特洛伊没事情做时搞出来的修辞
　　指南"（261b）。奥德修斯也是第十九篇和第九十八篇的主角。

**寓理**

奥德修斯的游戏不妨这么理解：当骑士在敬神和静修过程中感到疲惫时，不妨阅读《圣经》以作消遣。哲罗姆在《道德集》中说，《圣经》在我们心里敞开，如一面镜子摆在我们眼前，让我们从中看见自己的完整灵魂的模样。我们也能从中明白，什么有助于灵魂的救赎，什么则相反。福音书中说："你们要查考圣经，你们认为内中有永生。"①

———————

① 《约翰福音》，5:39。和合本："你们查考圣经，因为你们以为内中有永生。"

## 八十四

把心交给丘比特，

为爱舍得一切，

只别迷恋布里塞伊斯，

那女人心轻浮若丝。

**评释**

布里塞伊斯 ① 是个年轻女子，生得很美，更难得的是天生优雅可爱。普里阿摩斯王的小儿子特洛伊罗斯 ② 真挚地爱着她，为讨她欢喜，立下赫赫战功。她

---

① Briséida，布里塞伊斯，在古代神话里写作 Briséis，本是阿波罗祭司布里修斯的女儿，米涅斯王的妻子，阿喀琉斯摧毁她的母邦，作为战利品带走她。在《伊利亚特》中，阿喀琉斯视她为合法妻子，当阿伽门农挑衅并强行带走布里塞伊斯时，阿喀琉斯在愤怒中宣布不参战。参看狄克提斯《特洛亚战争日志》，卷二，17、19、33，卷三，12，卷四，15；达瑞斯《特洛亚的陷落》，13。在《特洛亚传奇》中，布里塞伊斯成了先知卡尔卡斯的女儿，并且与特洛伊罗斯相爱，随后又移情别恋，爱上希腊英雄狄奥墨得斯（Diomède）。中世纪作者渐渐混淆布里塞伊斯与克瑞西达（Cressida）两个名字。薄伽丘和乔叟均写过这个爱情故事，后来莎士比亚也留下一出《特洛伊罗斯与卡瑞西达》的戏。
② Troïlus，特洛伊罗斯，参看第四十篇和第八十篇。在中世纪骑士文学中，特洛伊罗斯被塑造成某种典雅爱情的典型，某个值得仿效的异教骑士。

也承诺永不背叛对他的爱情。可是，她的父亲卡尔卡斯从阿波罗的神谕得知，特洛亚必将亡城，便到处奔走，直至女儿送还到他身边，也就是他所投靠的攻城者希腊人那里。那两个情人被迫分离，痛苦极了。不久，希腊军中一位很重要的贵族，也是英勇过人的骑士狄奥墨得斯认识了布里塞伊斯。他百般追求，终于让她爱上他，彻底忘了特洛伊罗斯。布里塞伊斯对爱情不专一，所以乌塔耶女神告诫好骑士，万一他想找个心上人，千万避免如布里塞伊斯一般的女子。至尊赫耳墨斯说，小心与坏人结伴，以免同流合污。

**寓理**

赫克托耳要远离布里塞伊斯，这意味着，向善的灵魂不应贪恋虚妄的荣耀，而应尽可能地远离。因为虚名太过于肤浅，并且稍纵即逝。奥古斯丁在评释《雅歌》时说，一个人通过学习和修行，超越了诸种级别的恶习，这时他才会明白，渴望完善的人必须避免犯下贪恋虚名（不论是单单自己还是与别人相比较）这一罪过。在诸种罪里，这是最难克服的。使徒保罗在《哥林多后书》第十章说："因主而夸耀的，必得夸耀。"①

---

① 《哥林多后书》，10：17。和合本："夸口的，当指着主夸口。"

## 八十五

等你杀了帕特罗克洛斯，

小心提防阿喀琉斯，

相信我：他俩亲如一人，

就连财产也彼此不分。

**评释**

帕特罗克洛斯和阿喀琉斯①是一对亲密伙伴。他
们彼此的友爱超过世间任何亲兄弟。他们形影不离，
就连财产也放在一起。赫克托耳在战场上杀死帕特罗
克洛斯，阿喀琉斯为此心怀恨意。不过，他畏惧赫克
托耳的英勇善战，就不停在旁窥伺，寻找机会突袭
他。乌塔耶女神对赫克托耳说话，仿佛在对他宣布一

---

① Patrocle，帕特罗克洛斯。他和阿喀琉斯从小一起长大，死后也要"骨头
不分离，一起合葬"（《伊利亚特》卷二十三，行83—84）。帕特罗克洛
斯在特洛亚战争里起到关键性的作用：愤怒的阿喀琉斯执意不参战，直
到帕特罗克洛斯代友上阵，并被赫克托耳所杀，他才回心转意，帮助希
腊人赢取胜利。

个预言：从杀死帕特罗克洛斯的那天起，他就要小心提防阿喀琉斯。这里不妨理解为，无论是谁杀了别人的忠实同伴，都要知道那人会千方百计来报复。马达尔日[①]说，和敌人在一起时，不管在哪里都要保持警惕，即便自己比对方更强大。

**寓理**

既杀了帕特罗克洛斯，就要小心阿喀琉斯，这个说法不妨理解为，向善的灵魂假如受到魔鬼的试探而倾向于犯罪，那么他至少要畏惧永劫不复的下场。索利努斯说，人生在世不是别的，就是一种骑士状态，不妨称之为"战斗人生"，天国的永生与此相反，不妨称之为"胜利人生"，因为战胜了魔鬼的诸种试探。使徒保罗在《以弗所书》第六章说："要穿戴神赐的全副武装，未能抵挡魔鬼的陷阱。"[②]

---

① Mardarge，依据 G.Parussa 的考证，似指 Mercurius。
② 《以弗所书》，6：11。和合本："要穿戴神所赐的全部军装，就能轻易抵挡魔鬼的诡计。"

## 八十六

何必对厄科无情，

水仙的哀音何必看轻，

放不下各人执念，

看不穿来日云烟。

**评释**

在神话故事中，厄科①是一个水仙，爱讲别人坏话。有一次，朱诺女神在暗查不忠的丈夫时，厄科讲了一通她的坏话。女神被惹怒，对她说："从今往后，你再也不能第一个说话，别人说了你才能说。"厄科爱上美貌的少年纳喀索斯。只是她用尽各种方式表白，却得不到他一丝垂顾，终于抑郁而死。临死之

---

① Echo，厄科。奥维德在《变形记》卷三中讲了厄科和纳喀索斯的故事，参看第十六篇相关注释。在奥维德笔下，厄科遭弃绝，身体枯槁，情意却不散。她独自藏身森林中，身体逐渐化入石木，只剩声音。她并没有在临死前求神报复纳喀索斯，而是另一个遭弃绝的有情人诅咒纳喀索斯"永远只爱自己"。

前，厄科祈求诸神成全，向薄情寡义的纳喀索斯报仇。她求诸神让他感到爱情如针刺般的疼痛，让他明白，真挚的爱人在被拒绝以后不得不死所遭受的巨大苦楚。说完这些话，厄科就死了，但她的声音却留了下来，永远在发出回声：诸神为纪念这件事，让她的声音不死。如今，在山谷里或水岸边，人们高声说话时，厄科会来回应。但她不能先发出声音。乌塔耶女神借此告诫好骑士，要怜悯那些寻求帮助的不幸者。扎尔卡尔金 ① 说，一个人遵守法则，就要舍得自己的财产去帮助友人，救济穷人，常作善行，不拒绝对敌人施行公道，避免做任何有弊端或不体面的事。

**寓理**

不应拒斥厄科，这里不妨理解为，向善的灵魂要常有慈悲之心。奥古斯丁在评释《山上宝训》时 ② 说，主动救济贫苦中的穷人，这样的人必是蒙福的，因为，他配得上神的慈悲，把他从自身的虚弱中拯救出来。一个人若想得到比自己强大的主的帮助，就应该先去帮助那些不如自己的人。智者在《箴言》第二十二章说："心有慈悲的必蒙福。" ③

————————

① Zalqualkin，依据 G. Parussa 的考证，似指医神埃斯库拉比乌斯。
② Saint Augustin，*De sermons Domini in monte*。
③ 《箴言》，22：9。和合本："眼目慈善的，就必蒙福。"

八十七


你心念月桂冠，

心所最宝贵的桂冠，

紧追那达佛涅，

锲而不舍平生约。


**评释**

在神话故事里，日神福波斯爱上少女达佛涅①，对她紧追不舍。但她不愿接受。有一天，他在路上遇见她。她远远看见，赶紧逃开。日神在后面追。她快被追上无处逃脱时，开始求告狄安娜②，请求女神保护她的贞洁。她的身体立时变形为一株青翠的月桂树。日神赶上来，折了枝，做成头冠，权当胜利的纪念。从

---

① Daphné，达佛涅，河神的女儿。奥维德在《变形记》卷一中讲了阿波罗和达佛涅变成月桂的故事（行 452—567）。
② 在神话传统中，达佛涅一般是向其父河神求助，而不是向狄安娜女神求助。

此以后，月桂冠就是胜利的象征，就连在伟大的罗马时代，人们也为胜利者戴上月桂冠。月桂象征荣誉，乌塔耶女神告诫好骑士，如果他想戴上胜利的桂冠，就要追逐达佛涅。这里应理解为，如果他想获得荣誉，就要付出许多辛劳和努力。荷马说，付出良多方能达到完美境界。

## 寓理

赫克托耳若想戴桂冠，就要追逐达佛涅。这个说法不妨理解为，向善的灵魂若想获得荣耀，就要在努力上天国的路上勇往直前，坚持不懈。天国的喜乐是无边的。格里高利说过：哪种语言才足以言说，哪种智慧才足以理解天国的无尽喜乐——永在天使的行列，与蒙福的灵魂为伴，见证造物主的荣誉，直视神的面容，与神同在，看见无限的光，肯定永远不用恐惧死亡，享受不会败坏的永恒礼物？大卫在《诗篇》中说："神的城啊，人们论到你，述说着你的荣恩。"①

---

① 《诗篇》，87：3。和合本："神的城啊，有荣耀的事乃指着你说的。"

## 八十八

你且听我念叨
安德洛玛克和她的梦兆。
自家的妻不该轻鄙，
何况世间好教养的女子。

**评释**

安德洛玛克 ① 是赫克托耳的妻子。在赫克托耳战死沙场的前夜，她做了一个梦，梦里预示赫克托耳隔天出战必死无疑。安德洛玛克又是哀叹又是流泪，用尽办法想留住丈夫。但他不肯听。乌塔耶女神借此告

---

① Andromaque，安德洛玛克，埃埃提昂的女儿，赫克托耳的妻子。她在《伊利亚特》中至少有两次重要出场，一次在卷六，夫妻二人生死告别，一次在卷二十二，安德洛玛克哀悼亡夫赫克托耳。特洛亚亡城后，她先嫁给阿喀琉斯的儿子皮洛斯，又在皮洛斯死后嫁给赫克托耳的弟弟赫利诺斯（参看第七十七篇）。在维吉尔笔下，安德洛玛克虽几次改嫁，一生都在哀悼赫克托耳（《埃涅阿斯记》卷三，行 294 起）。中世纪流传的几部骑士小说均提到安德洛玛克的梦兆，参看达瑞斯《特洛亚的陷落》，24；《特洛亚传奇》，155 起。

诚好骑士，如果他的妻子是拥有诸多美质的明智女子，那么绝不要轻视她在梦中看见的征兆，同样的，也不要轻视其他天生明智的女子所看见的梦兆。柏拉图说，不要看轻一个身份卑微但有智慧的人的建议。就算年长的人也不要羞于学习，甚至让小孩教自己，无知的人有时反能教导智者。

## 寓理

赫克托耳不应轻视安德洛玛克看见的梦兆，这个教训的意思是，当圣灵为启示我们而给予我们某个适时的暗示时，向善的灵魂不要不以为意地否决它，而应尽量付诸实践。格里高利在《道德集》中说，圣灵警醒我们，震撼我们，教导我们，从而引导我们行善。它警醒我们的记忆，震撼我们的意愿，教导我们的心智。圣灵是无尽的温柔，不能忍受它所在之处有哪怕一点瑕疵，并会立即燃起审慎之火。使徒保罗在《希伯来书》第十一章说："不要消灭圣灵的感动。"[1]

---

[1] 此句经文实出自《帖撒罗尼迦前书》，5:19。同和合本。

# 八十九

这场战争长难，

且莫信巴比伦城坚，

攻城的里努斯王

至今风光无双。

**评释**

传说巨人宁录①建巴比伦城，乃是当时最坚固的城郭，后来却被里努斯王②攻陷。乌塔耶女神借此告诫好骑士，不应自信自己的城池或城堡坚不可摧，以致没有布置足够的守卫，采取必要的防范措施。柏拉图说，一个人过分自信自己的力量，往往会被打倒。

———————

① Nemrod，宁录，诺亚的曾孙。依据《创世记》记载，他是世上英雄之首，在耶和华面前是个英勇的猎户。洪水之后，他共建了八座城，包括巴别，即巴比伦城（10：8—12）。
② Ninus，里努斯，古时亚述王，传说中尼尼微城的创建者。

## 寓理

　　赫克托耳不应相信巴比伦城坚，这个说法的意思是，向善的灵魂不应相信世人承诺的事，也不应有过多期待。奥古斯丁在《论神职人员的独特性》[1]中说，一个人声称自己的人生远离诸种危险，这是愚蠢的信心；一个人自以为能免除诸种罪恶的攻击，这是荒唐的希望。只要处在敌人武器所及范围，一个人的胜利就是不确定的。身在火圈中很难逃脱火灾。相信有经验的人说的话：世界向你微笑，不要轻信；愿你只把希望寄托在神那里。大卫说："投靠耶和华，强似倚赖人。"[2]

---

[1]　Saint Augustin, *De singularitate clercorum*。
[2]　《诗篇》，118：8。同和合本。

# 九十

赫克托耳，我心痛如死，

要向你宣布你的死。

那日普里阿摩斯王苦求，

你没有听，覆水已难收。

**评释**

赫克托耳战死沙场的当天[①]，他的妻子安德洛玛克跑去找普里阿摩斯王，泪流满面地求国王阻止赫克托耳上战场，因为他去了必死无疑。战神马尔斯在她梦中显形，告诉她这个消息。普里阿摩斯王竭力劝阻赫克托耳。但赫克托耳避开父亲的恳求，从一条地下密

---

① La mort d'Hector，赫克托耳之死。荷马用了一卷诗文讲述阿喀琉斯如何杀死他并凌辱他的尸体。事发当天，普里阿摩斯王乱扯满头的白发，恳求儿子回城（《伊利亚特》卷十一，行38—76），赫卡柏也拉开衣襟，露出胸部，哭着哀求（行82—89）。赫克托耳没有被父母双亲打动，依然站在城外，迎战阿喀琉斯。安德洛玛克的梦兆，参看第八十八篇。第九十篇、第九十一篇和第九十二篇的主题均系赫克托耳之死，相关内容参看《特洛亚传奇》，163—167。

道溜出城外。他果然死在战场上。这是他有生以来第一次违抗父亲的意愿。换言之，他在违抗父亲的那一天死于非命。这不妨理解为，不要违抗那些有智慧的良友的忠告。亚里士多德告诫亚历山大大帝，听信那些有智慧又爱戴你的人的忠告，就能以征服者的身份长久统治下去。

**寓理**

乌塔耶女神告诉赫克托耳，她必须预告他的死亡。这里头的意思是，向善的灵魂要永远记得自己的死期。伯纳德说过，在属人的事里，没有什么比死亡更肯定的。死亡不怜悯穷人，不逢迎富人，不宽容智者，不尊重风俗或年龄。关于死亡，我们唯一能肯定的事就是，死亡站在老年人的门前，站在年轻人的屋外。《便西拉智训》第十四章："记住死亡不会拖延时间。"①

---

① 参看思高本《德训篇》14：12："要记住死亡决不迟延。阴府的约期你又无从得知。"

## 九十一

我尚有一句至理，

战场上的禁忌，

你丢下铠甲，

就是占上死卦。

### 评释

赫克托耳在战场上丢了武器，遭到突袭，这才被
杀死 ①。乌塔耶女神告诫他，不要在战场上舍弃武器。
至尊赫耳墨斯说，死亡就如箭中目标。②

———————

① L'armure d'Hector：赫克托耳的铠甲。其实是阿喀琉斯的铠甲，由诸神
送给佩琉斯，佩琉斯再传给儿子阿喀琉斯。帕特罗克洛斯穿着这套铠甲
代友出战（《伊利亚特》卷十六，行130—144）。赫克托耳杀死他以后，
当场脱下原有的铠甲，换上这套从帕特罗克洛斯身上剥下的铠甲（卷
十七，行183—197）。宙斯远远看见摇头说："可怜的人啊，你不感觉
自己的死亡已经临近，现在竟然穿上了那个别人都害怕的最杰出的英雄
的不朽铠甲……你将不可能从战场返回城里，安德洛玛克不可能接过你
递给的佩琉斯之子的著名铠甲。"（行201—208）
② 【法文本注】此句语义不详，或理解为："人生无非箭从射出到命中目标
的瞬息之间"。

## 寓理

赫克托耳在战场上要有铠甲的保护，这个教训不妨理解为，向善的灵魂要克制欲念以免精力涣散。格里高利说，一个人放任自己的欲念横溢，就如流浪艺人 ①，再没有比他自己的家更糟糕的，所以他从不在家。同样的，灵魂如不牢牢克制诸种欲念，就会永远流放在良知的家园之外，就如迎风张开的磨坊，到处都是进口。《马太福音》第六章："关上门，向你的父暗中祷告。"②

---

① 原文为jongleur，中世纪指江湖艺人，既能杂耍，又能弹唱说书。匹桑拿他们做比喻，主要强调巡游卖艺的特点。
② 《马太福音》，6：6。和合本："关上门，祷告你在暗中的父。"

## 九十二

莫贪图波利贝图斯

那不祥的铠甲胄饰，

你未剥下战利品，

早做了长枪下的孤魂。

**评释**

波利贝图斯 ① 是骁勇善战的国王。赫克托耳在战
场上立下赫赫战功的那天杀了他。波利贝图斯全身穿
戴精美昂贵的铠甲，赫克托耳想从战败者的尸身上除
下带走。他骑在战马上俯身做这件事。阿喀琉斯紧追
在身后，探寻他不防备的时机，这时趁机突袭他，击
中他没有铠甲保护的那部分身体。他立刻摔到地上死
去。这真是巨大的损失，传奇故事里没有比他更英勇

---

① Polibétès，波利贝图斯。参看第九十篇相关注释。《特洛亚传奇》讲到
了赫克托耳杀波利贝图斯的故事（164）。十三世纪的《恺撒以前的老故
事》（*Histoire ancienne jusqu'à César*）中，有一幅插画表现相关场景。

的佩剑骑士。这个故事说明，贪恋在某些状况下会让人送命。哲人说，无度的贪恋置人于死地。

**寓理**

赫克托耳不应贪图波利贝图斯的铠甲，这个教训的意思是，向善的灵魂不应贪恋尘世万物。贪恋是致命的。教宗诺森三世在《论人的生存状况》①中说，贪恋是燃烧的欲望，永远无法满足的火焰。贪婪的人永远不会因为得到自己所要的东西而感到满足。当他得到自己要的，就会有新的渴望，他永远只看见自己想要的，而看不见自己已经拥有的。吝啬和贪婪犹如两只寄生虫，不住在说："拿来，拿来！"一个贪财的人拥有越多，越是贪图钱财。贪婪打开了现世的死亡之路。使徒保罗在《提摩太前书》第六章说："贪婪是万恶的根源。"②

---

① Innoncent III，*De vilitate conditionis humano*e。
② 《提摩太前书》，6：10。和合本："贪财是万恶之根。"

## 九十三

迷恋外邦女子，

阿喀琉斯做的傻事，

他自乱了心魂，

敌人错认成爱人。

**评释**

阿喀琉斯爱上赫克托耳的妹妹波吕克赛涅[①]。在双方休战期间，阿喀琉斯和一些希腊将领去特洛亚参加赫克托耳的周年纪念葬礼。他在葬礼上看见波吕克赛涅，一见钟情，连命也不要。他去找特洛亚王后赫卡柏，求娶波吕克赛涅。作为条件，他承诺停止战争，

---

[①] Polyxène，波吕克赛涅，特洛亚公主。在中世纪作者笔下，波吕克赛涅美貌堪比海伦，赫克托耳曾作为和谈使者提出把她嫁给墨涅拉奥斯，以取代海伦。参看狄克提斯《特洛亚战争日志》，卷二，25。阿喀琉斯因爱上她而送命，参看第四十篇；达瑞斯《特洛亚的陷落》，27；《特洛亚传奇》，33。阿喀琉斯也是第三十一篇、第四十篇、第七十一篇和第八十五篇的主角。

不再攻城，并永远做特洛亚的盟友。恋爱中的阿喀琉斯很长时间没有拿起武器攻打特洛亚，并努力说服希腊军队，却没有成功。婚事为此迟迟没有下落。后来，阿喀琉斯杀了特洛伊罗斯①，后者当时还很年轻，却和哥哥赫克托耳一样英勇。王后痛失爱子，假称要把女儿嫁给阿喀琉斯，让他赶往特洛亚。他去了，当场被杀。乌塔耶女神借此告诫好骑士，不要迷恋异邦的女子。遥远的爱情往往带来不幸。智者说，只要敌人有仇未报，你就要时时警惕。

## 寓理

不应迷恋异邦女子，这个教训不妨理解为，不要爱上任何不是来自神并去向神的事。向善的灵魂要回避异己之物，也就是尘间万物。有关恨世的本分，奥古斯丁在评释《约翰书》时②说："尘世与贪欲一样短暂即逝。理智的人啊，你选择什么？究竟是热爱短暂的人世和及时行乐，还是热爱耶稣基督并在他里面获得永生？"《约翰一书》第二章："不要爱世界和世界上的事。"③

---

① 特洛伊罗斯也是第四十篇、第八十篇和第八十四篇的主角。
② Saint-Augustin, *Super epistolam Iohannis*。
③ 《约翰一书》，2：15。同和合本。

## 九十四

行武如此狂妄，
身体与灵魂俱伤，
抛下盾牌，空拳出战，
埃阿斯一去难复返。

**评释**

埃阿斯[1]是希腊古时的骑士，骄傲自负，却不失
为英勇的骑士。出于自负和狂妄，他曾赤手空拳，出
战搏斗，连盾牌也没带。结果浑身满是伤口，倒地身
亡。乌塔耶女神告诫好骑士，如此作战不会带来荣
誉，而只会被看成狂妄和傲慢，并往往非常危险。亚

---

[1] Ajax，埃阿斯，希腊英雄。在《伊利亚特》中，埃阿斯有别于大多数其
他英雄，在战场上没有受过一次伤。有关埃阿斯之死，还有一种通行的
说法。在《奥德赛》中，他与奥德修斯争夺阿喀琉斯死后留下的武器，
阿伽门农把这份荣誉判给奥德修斯，这让埃阿斯怒极发狂，当众自杀。
参看《奥德赛》，卷十一，行543—567；索福克勒斯《埃阿斯》；奥维
德《变形记》卷十二，行620—卷十三，行398。

里士多德说，有些人由于无知而迷失方向，不知道什
么该做什么不该做，另一些人则因为莽撞和傲慢而自
己欺骗自己。

### 寓理

赫克托耳不应狂妄自大地出战，这个教训表明，
向善的灵魂不应为某些其实非常脆弱的能力而沾沾自
喜。奥古斯丁在布道时说，人在说话时决不能随意揣
测，在接受试探时决不能过分信任自己的力量：因
为，我们就算是明智地说话，提出正确的观点，这一
切也是出于神，而不是出于我们的智慧。我们就算是
坚定地顶住考验，这一切也是出于神，而不是出于我
们的忍耐。使徒保罗在《哥林多后书》第三章中说：
"我们借基督在神面前才敢有这信心，并不能以为我
们的任何一点能力乃是出于我们自己。"①

---

① 《哥林多后书》，3：4—5。和合本："我们因基督，所以在神面前才有这
样的信心。并不是我们凭自己能承担什么事。"

## 九十五

安忒诺耳应放逐，
那母邦的叛徒，
一朝含羞的阴谋，
千年咎责难休。

**评释**

安忒诺耳 ① 是特洛亚贵族。在特洛亚战争后期，希腊人久攻城不下，眼看特洛亚人的抵抗丝毫未松懈，不知如何是好。这时，安忒诺耳因为生普里阿摩斯王的气，跑去找希腊人，给他们出主意，鼓励他们。他让他们假装和特洛亚王停战交好，再采取迂回

---

① Anténor，安忒诺耳，特洛亚长老。在《伊利亚特》中，墨涅拉奥斯和奥德修斯作为希腊使者到特洛亚要求归还海伦时，安忒诺耳在家里接待他们，并主张接受希腊人的要求，交还海伦，避免战争（卷三，行 202 起；参看卷七，行 344—365）。在中世纪作者笔下，安忒诺耳被说成叛徒，为希腊人打开特洛亚城门。参看达瑞斯《特洛亚的陷落》，40；但丁《神曲》，"地狱篇"，卷三十二，88；"炼狱篇"，卷五，75。

方式，由他带路让他们偷偷进城。他确实这么做了。特洛亚就此受到背叛和摧毁。由于这个贵族的背叛和恶意破坏，整个城邦蒙受不可估量的损害。乌塔耶女神借此告诫好骑士，万一他遇见和安忒诺耳一样的人，应该永远放逐他们。这样的人确乎该当仇恨。柏拉图说，欺骗是恶人的头领和向导。

**寓理**

必须放逐安忒诺耳，这个教训的意思是，向善的灵魂应该将诸种可能带来烦恼的东西驱逐在外。奥古斯丁说，一个人不当心避免麻烦，就好像飞蛾围着油灯不肯离开，烧了翅膀，浸在灯油里丧命；又好像飞鸟围着粘物不肯离开，结果丢了羽毛。我们还可以举彼得的例子：他在大祭司的院子里太久，乃至三次不认其主耶稣。智者在《箴言》第四章说："你要躲避恶人的生活，以免行他们的路。"①

---

① 《箴言》，4：14—15。和合本："不可行恶人的路，要躲避，不可经过。"

## 九十六

密涅瓦女神的神殿
不容敌人祭献。
若没有木马幻术，
特洛亚城灿烂如故。

**评释**

希腊人听了特洛亚叛徒安忒诺耳的话，假意与特
洛亚人和好。他们声称事先发过愿，要给密涅瓦女神
献上祭品，并造了一只庞大的木马①，里头藏满武器精
良的骑士。那木马太高，要拆掉特洛亚的城门才能进

---

① Cheval de bois，木马。《伊利亚特》没有提到特洛亚亡城之战，《奥德
赛》中则有两处讲到木马的机关，并称是奥德修斯的计谋（卷四，行
271—289；卷八，行492—495）。依据今已佚失的特洛亚英雄诗系传
统，雅典娜女神参与了这次计谋，故这里提到密涅瓦神庙。维吉尔在
《埃涅阿斯记》卷二中讲述了希腊人凭木马计攻陷特洛亚的经过（行13
起）。参看希吉努斯《神话指南》，108；阿波罗多罗斯《藏书》，卷一，
14—20；狄克提斯《特洛亚战争日志》，9起；达瑞斯《特洛亚的陷
落》，40—41。

城。木马蹄下安了轮子，希腊人就这样推着它进到密涅瓦神庙。夜幕降临时，希腊骑士从木马里溜出来，为城外的同伴打开城门。他们杀尽特洛亚人，火烧城池，摧毁整座城。乌塔耶女神借此告诫好骑士要提防这类诡计和献祭。智者说，明智的人时时警惕敌人的阴谋诡计，愚蠢的人只会关心敌人的恶意行为。

**寓理**

我们不妨理解，密涅瓦神庙就如神圣的教会，除了祷告，不应奉献别的祭品。奥古斯丁在《论信仰》①中说，不经常去教堂，不受洗，灵魂就不可能得拯救，任何慈善行为也不可能帮助人获得永生。教会以外的人不得救赎。大卫在《诗篇》中说："我在大教堂里赞美你。"②

---

① Saint Augustin，*De fide*。
② 《诗篇》，22∶25。和合本："我在大会中赞美你的话是从你而来的。"

# 九十七

莫夸口城池固牢，
伊利昂城坚，也难逃
沦亡，如突尼斯古邦，
命运神弄在股掌。

**评释**

伊利昂①是特洛亚城郭的主塔楼，固若金汤，前
所未有（至少神话故事里这么传说）。终究免不了被
攻陷、火烧和摧毁的命运。同样的事情发生在古代
极重要的突尼斯古城②。这一切全因命运的无常。乌
塔耶女神为此告诫好骑士，不应自以为强大而傲慢无

---

① Ilion，伊利昂，在荷马诗中系特洛亚的别称。本篇主题又见第八十九篇
"巴比伦城坚"。
② Tunis，突尼斯古城，古代利比亚人的城邦，历史可追溯至公元前四世
纪。由于战略位置险要，曾几次易主，也蒙受不止一次亡城之灾。因
一度受迦太基人控制，又称迦太基古城。布匿战争期间为罗马军队所
征服。

度。托勒密说过，一种力量被抬得越高，跌下来时越危险。

**寓理**

赫克托耳不要以为城池坚固，这个说法不妨理解为，向善的灵魂不应过分注重逸乐。逸乐短暂又多变，且引人下地狱。哲罗姆说过，一个人若是耽迷于从一种逸乐进入到另一种逸乐，他绝不可能从人世的逸乐进入到天国的喜乐，他在此生要填饱肚皮，在来世要充盈灵魂。一个人不可能妄想在逸乐之中迈向永生的天国。《启示录》第十八章："他从前怎样荣耀自己，怎样醉心逸乐，也就怎样加给他痛苦和悲哀。"①

---

① 《启示录》，18：7。和合本："她怎样荣耀自己，怎样奢华，也当叫她照样痛苦悲哀。"

## 九十八

泊靠基尔克的岛，

奥德修斯亦难自保，

骑士尽数做了猪，

莫道她本是女巫。

**评释**

基尔克①是某个与意大利海岸遥遥相对的海上国度的女王。她是法力强大的女巫，深谙各种巫术和魔法。奥德修斯在特洛亚亡城后漂泊海上，为了还乡历尽艰辛和考验，终于来到基尔克的海岛。他派手下的骑士去询问王后能不能上岸休息。基尔克彬彬有礼地招待那群骑士，表面看来完全遵从待客之道。她取出

① Circé，基尔克，太阳神赫利俄斯的女儿，参看第三十九篇。《奥德赛》卷十讲述基尔克与奥德修斯的故事。参看赫西俄德《神谱》，行951，行1007；阿波罗多罗斯《藏书》，卷一，9，1；卷二，8，3。奥德修斯也是第十九篇和第八十三篇的主角。

美味的酒水，供他们享用。不过，这种饮品有异乎寻常的特点：骑士一喝下去就变成猪猡。乌塔耶女神借此告诫赫克托耳，不要停留在这等危险的地方。亚里士多德说，一个人只想通奸，不可能获得善评。

**寓理**

基尔克的港湾，不妨理解为向善的灵魂必须杜绝的伪善。格里高利在《道德集》中批判伪善的人：这类人的生活只不过是一种着魔的异象，一种想象的幻影，呈现出的外在表象与内在真相完全不符。《马太福音》第十三章："伪善的人哪，愿你们受诅咒！你们好像白色的坟墓，外表好看，里面却满是死人的骨头。"①

---

① 此处经文实际出自《马太福音》，23：27。和合本："你们这假冒伪善的文士和法利赛人有祸了！因为你们好像粉饰的坟墓，外面好看，里面却装满了死人的骨头和一切的污秽。"

## 九十九

纵使你言辞精妙，

不向不明者细表。

伊诺播种谷先煮，

何尝当初等麦熟。


**评释**

伊诺①是个女王。她让人播种的谷子已煮过，不
会发芽。乌塔耶女神为此告诫好骑士，许多精妙言辞
虽结构严谨，引证充沛，饱含智慧，却不应该对那些
智力低俗的人说，他们无法理解。亚里士多德说，撒
在石缝里的种子得不到雨水的滋润，愚蠢的人同样得
不到好言论的启发。


**寓理**

不应对智力低俗或无知的人讲深刻的道理，因为

---

① Ino，伊诺，阿塔玛斯的妻子。播种的故事参看第十七篇。

他们不会听，说了也是白说，应该谴责无知。伯纳德在《论羞辱的二十种级别》①中说，有些人以脆弱和无知为借口原谅自己，这是没有用的，因为，他们自愿做脆弱和无知的人，这让他们更自由地成为有罪的人。他们对本该知道的事一无所知，这要么是因为疏忽没有学习，要么是因为懒惰没有求教，要么是因为羞愧没有探寻：归咎为如上几种情况的无知是不可原谅的。使徒保罗在《哥林多前书》第十四章说："谁若是不承认善，他本人也不会被承认。"②

---

① Saint Bernard, *De duodecim gradibus humilitatis*。
② 《哥林多前书》，14：38。和合本："若有不知道的，就由他不知道吧！"

一百

> 我写下百篇训文，
> 望君不止于轻哂，
> 屋大维当年遇女史，
> 百世流芬有名师。

**评释**

屋大维从前是罗马的皇帝和世界的主宰。在他统
治时期，世界太平，他亦平和地统治世界。当时的异
教徒荒唐地以为，世界和平乃是因为屋大维的善德，
其实不是。世界和平乃是因为童贞女马利亚所生的耶
稣基督。他已在地上，只要他活着，世界就能和平。
异教徒把屋大维当成神来崇拜。但库莫的女先知 ① 告

---

① Sibylle de Cumes，库莫的女先知，又作库莫的西比尔。在古代神话里，
不同地区均有传递阿波罗神谕的女先知，诸如多多那的女先知，德尔菲
的女先知。库莫的女先知在罗马早期神话中显得尤其重要，这与维吉尔
有关。在《埃涅阿斯记》卷六中，库莫的女先知为埃涅阿斯在意大利建
城做出重要预言，并指点他的冥府之行。在《牧歌》卷四中，库莫的女
先知更是预言某个新生儿的降生以及世界得以重返"黄金时代"。基督
教信徒将此解释为预言耶稣的降临。但丁在《神曲》中把信奉"异教"
的维吉尔视为向导，原因大抵与此相关。

诫他，要避免被世人当成神来崇拜，因为世上只有一个神，也就是创世的那一位。基于神意，她还使他在日光下看见童贞女抱着圣婴的异象。她告诉他，那圣婴才是真神，才应得崇拜。自此以后，屋大维开始崇拜基督①。身为全世界的君王，屋大维通过一名女子的教诲，认识了神，并信了神。我们不妨也这么理解本书中的教导女神。至尊赫耳墨斯说，不要羞于倾听真理和好教诲，不管是出自谁的口，真理使大声说出它的人变成高贵的人。

**寓理**

乌塔耶女神说，她写下一百篇经过权威论证的训文，而屋大维当初也是从一名女子得到教诲。这应理解为，不管说话的人是谁，好的言辞和好的教诲应该得到赞美。圣维克托的休格在《读经指南》②中说，明智的人倾听所有人的话，乐意向所有人学习。他喜欢

---

① 传说元老院为表彰屋大维给罗马世界带来和平和繁荣，曾提议将他列入"神的行列"。屋大维向库莫的女先知求问神谕，还会不会有比他更伟大的人降生人世？女先知向他显现童贞女怀抱圣婴的异象，引得罗马皇帝跪倒膜拜，并放弃封神。屋大维直到死后才被封为神。这个故事因十三世纪拉丁文作品《黄金传奇》(Legenda aurea)的记载而在中世纪广泛流传。在历史上第一个皈依基督教信仰的罗马皇帝是四世纪的君士坦丁大帝。

② 《读经指南》是本书中唯一采用拉丁文标题的书名：Didascalicon。

阅读各种训诫。他不轻视任何人，不轻视《圣经》，不轻视教理，而到处不加区别地寻索自身的欠缺。他不关心谁在说，而是关心说的是什么。他不操心自己已经知道多少东西，而是担心自己还未知的东西。《便西拉智训》第三章："好的耳朵只有对智慧的欲求，也必能听到智慧。"①

---

① 参看思高本《德训篇》6：33："如果你乐意聆听，你就将成为一个饱学而有智慧的人。"

## 波德迈抄本目录 <sup>①</sup>

此目录对书中的诸种训示主题做出分类，并标出相关内容所在的篇名号，以供读者检索查阅。希腊文中的 Theo 等同于法文中的 Dieu［神］，logos 等同于 sermon［训诫］，théologie 故而指"神训"，或"关乎神的训诫"。

---

① 各抄本的目录情况差别极大。法国抄本无目录，英国抄本仅一页目录。此处依据波德迈抄本译出，原本在篇名号上有多处明显笔误，详见注释说明。

② 疑误。似为第九十六篇。

八十九、九十四篇）

　　真正的快乐（第七十四篇）

　　静修与活跃的人生（第七十五篇）

　　避免诱惑（第七十八篇）

　　经受考验（第七十八篇）

　　慰藉悲伤者（第八十二篇）

　　圣经是我们的一面镜子（第八十三篇）

　　对不幸者行善……①

　　天国的回报（第八十七篇）

　　圣灵的感动（第八十八篇）

　　人不免一死（第九十篇）

　　紧闭欲念之门，免其肆意横行（第九十一篇）

　　不在此世或来生贪求逸乐（第九十七篇）


## 诸种美德

　　审慎（第一篇）

　　节制（第二篇）

　　英勇（第四篇）②

———————

① 此漏。似为第八十六篇。
② 当为第三篇。

公正（第五篇）①

声名（第六篇）②

悲悯（第九篇）③

真理（第十篇）④

坚贞（第二十篇）⑤

高贵（第二十一篇）

禁欲（第二十二篇）

慷慨（第二十二篇）⑥

贞洁和清白（第二十三篇）

坚强（第二十五、四十九篇）

信仰（第十三篇）

希望（第十四篇）

爱（第十五篇）

虔敬（第三十三篇）

惩罚（第五十三、六十九篇）

如何把原本属于三类人的归还给他们（第四篇）

审判（第八、七十三篇）

---

① 当为第四篇。
② 当为第五篇。
③ 当为第六篇。
④ 当为第九篇。
⑤ 当为第十篇。
⑥ 当为第三十八篇。

战争（第十一篇）

甲胄（第十三篇）

救助同伴（第二十七篇）

应熟读圣经故事（第二十九篇）

应提防蒙骗（第三十篇）

应尊敬父母（第三十六篇）①

不应轻信（第三十八篇）

关乎身体健康应相信医生甚于相信巫师（第三十九篇）

不应轻信敌人（第四十篇）

放弃而不是放任淫念（第四十三篇）

脸上有喜悦（第四十四篇）

悔过者的快乐（第四十五篇）

慎选女婿，被放逐者很难恢复权利（第四十六篇）

身为情人（第四十七篇）

不传达消息（第四十八篇）

听从忠告（第五十、五十二、七十九篇）

言辞谨慎（第五十一篇）

逸乐与忏悔（第五十五篇）

提防敌人的陷阱（第五十六、六十六、八十五篇）

---

① 当为第二十四篇。

## 诸种恶习

贪欲（第二十二篇）

复仇（第二十六篇）

谎言（第三十一篇）

不忠（第三十二篇）①

傲慢和自负（第三十六篇）②

谋杀和不法侵占（第四十一篇）

忘恩负义（第五十四篇）

争端（第六十篇）

吹嘘（第六十四篇）

无知（第八十篇）

贪欲（第九十二篇）

自负（第九十四篇）

伪善（第九十八篇）

背叛（第九十一篇）③

## 历史传说和神话故事

特洛亚王子赫克托耳和乌塔耶女神（第一篇）

赫拉克勒斯（第三、二十七篇）

---

① 当为第三十五篇。
② 当为第三十七篇。
③ 当为第九十五篇。

---

① 当为第十二、三十篇。

① 当为第二十九篇。

# 生平与作品

Charles V）

1405 年 《女史之城》（*La Cité des dames*）

《克里斯提娜箴言书》（*Le Livre de l'advion Cristine*）

《三美德之书，或女史之城的宝藏书》（*Le Livre de trois Vertus ou Le Trésor de la Cité des dames*）

1406 年 《骑士之书》（*Le Livre de la Prod'homie de l'homme*）

1407 年 《保安机构之书》（*Le Livre du corps de policie*）

1409 年 《七首寓言诗》（*Les Septs Psaumes allégorisés*）

1410 年 《武器制作和骑士之道》（*Le Livre des fais d'armes et de chevalerie*）

《法兰西不幸之哀歌》（*La Lamentacion sur les maux de la France*）

《骑士与贵妇人的爱情诗百首》（*Cent ballades d'amant et de dame*）

1413 年 《和平之书》（*Le Livre de Paix*）

1417 年 《人生束缚之书》（*Epistre de la prison de vie humaine*）

1420 年 《基督受难沉思集》（*Les Heures de*

contemplacion sur la Passion de Nostre

Seigneur )

1429 年 《贞德》( Le Ditié de Jehanne d'Arc )

1430 年 匹桑去世

# 译名与索引